아라홍련

하용준 河龍俊

그간 발표한 작품으로 장편소설 『유기(留器)』(1999), 『신생대의 아침』(2000), 『쿠쿨칸의 신전』
(2001), 『제3의 손』(2005, 인터넷 연재), 『섬호정』(2012), 『고래소년 울치』(문화체육관광부 최우
수 교양도서, 올해의 청소년도서, 2013), 『태종무열왕』(전3권, 2013)이 있고, 단편소설로는 「귀화
(鬼話)」(2005)가 있다.
장편소설 『유기』는 2009년 글누림출판사에서 『유기』(전2권)로 재간하였다.
2006년부터 독자들과 만나고 있는 대하역사소설 『북비』(전15권)는 현재 출간 중에 있다.
제1회 문창文昌문학상을 수상하였다.

아라·홍련
ⓒ 2014 하용준

초판 1쇄 발행 2014년 9월 1일

지 은 이 하용준
펴 낸 이 최종숙
펴 낸 곳 글누림출판사

책임편집 이태곤
편   집 권분옥 이소희 박선주 박주희
디 자 인 안혜진 이홍주
마 케 팅 박태훈 안현진

주   소 서울시 서초구 동광로46길 6-6(반포4동 577-25) 문창빌딩 2층(137-807)
전   화 02-3409-2055(대표), 2060(편집), 2058(영업)
팩   스 02-3409-2059
전자메일 nurim3888@hanmail.net
홈페이지 www.geulnurim.co.kr
등록번호 제303-2005-000038호(2005.10.5)

정   가 12,000원
ISBN 978-89-6327-260-3 03810

출력/인쇄 · 성환C&P **제책** · 동신제책사 **용지** · 에스에이치페이퍼

* 이 도서의 국립중앙도서관 출판시도서목록(CIP)은 서지정보유통지원시스템 홈페이지(http://seoji.nl.go.kr)와
  국가자료공동목록시스템(http://www.nl.go.kr/kolisnet)에서 이용하실 수 있습니다.(CIP제어번호: CIP2014023956)

아라홍련

하용준 장편소설

글누림

차례

제1장

꽃을 피운 고려 연

올 초 정월에 시나리오 한 편을 집필해 달라는 제의를 받았다. 석가탄신일에 방영할 만한 소재와 주제로 2부작 특집드라마 분량이면 좋겠다는 것이었다. 달력을 넘겨보다가 올해는 윤삼월이 든 해라서 초파일이 오월 말에 있길래 시일이 충분하다 싶어 그만 덜컥 수락을 했다.

그게 화근이었다. 그동안 어떤 걸 어떻게 해볼까 느긋하게 고민하면서 하루 이틀 넘기던 날이 한 달 두 달 쌓이고 보니, 더는 구상하느라 여유를 부릴 수도 집필을 늦출 수도 없게 되어버렸다.

이제는 하루해 뜨고 지는 것이 무서울 지경에 이르렀다. 날이면 날마다 책상머리에 앉아서 이런 생각 저런 상상 온갖 머리를 다 짜내보고는 있지만 무엇 하나 신통하게 심상을 치고 떠오르는 것 없이 초조감만 휘감아 든다.

마음이 바쁘니 가뜩이나 잘 안 되는 구상이 제대로 될 리 없다. 사고를 당해서 병원 신세라도 지고 싶은 심정이다.

시작은커녕 글감 구상도 못하고 있는데 다짜고짜로 이달 말까지 원고를 내놓으라는 전화를 받고 보니 속으로 기가 찰 노릇이다. 애초에 서로 협의해서 정해 놓은 최종 완성원고 제출기한보다 보름이나 앞당겨 내놓으라는 말을 스스럼없이 하는 바에야 아예 대꾸할 엄두가 나지 않았다.

"참 막무가내인 사람들이군."

여의도 바닥이 원래 그렇다지만 이건 해도 너무 하지 않는가 말이다. 상대방에 대한 배려라고는 눈을 비비고 찾아봐도 볼펜 심 끝에 들어있는 잉크 알만큼도 없다. 이달 말이라면 잘해야 글의 전체적인 얼개를 겨우 마련할까 말까. 갑자기 머리가 다 지끈거린다. 몇 년 전부터 고질적으로 앓아 온 두통이 또 도지는 것만 같다.

거래하고 있는 독립제작사 마케팅 부서의 책임자이자 연간 계약을 맺어 나의 에이전트로 활동하고 있는 이선영 팀장이 집필실로 찾아오겠다는 연락이 왔다. 드디어 올 것이 왔다는 직감이 든다. 어떤 방식으로 얼마나 닦달을 할지. 전화를 받지 말거나 몸이 불편하다고 엄살을 부리며 핑계를 댈 걸 그랬나보다. 하지만 피한다고 그냥 넘어갈 일이 아니지 않는가.

"커피 한잔 주세요"

전기주전자에 물을 끓여 커피를 타 오는 동안 그녀는 재빨리 내

책상 위를 훑었을 것이다. 하지만 아무 짐작도 하지 못했으리라. 글에 관한 정보가 될 만한 건 미리 다 치워 놓았으니까.

"작품은 잘되고 있죠?"

"솔직히 말씀드리면 진척은커녕 구상도 하지 못했습니다."

"설마요?"

"안 믿으셔도 그만입니다만."

"두통 때문인가요? 머리 아픈 건 좀 어때요?"

"그럭저럭 견딜 만합니다."

"그러면 도 닦는 기분으로 작품 한 편 하시면 되겠네요?"

"작품은 무슨……. 지나고 보니 그간 지은 것 어느 한 편도 마음에 드는 게 없구만."

"이번에 마음에 드는 작품 하시면 되잖아요?"

"글쎄올시다."

"정말 구상도 하지 못하셨나봐? 마감이 얼마 안 남았는데. 미리미리 좀 하시지 그랬어요?"

"글이 어디 암탉이 달걀 낳는 것처럼 날이면 날마다 쑥쑥 나오는 건지 압니까?"

"어머, 거기서 암탉이 왜 나와? 듣기 좀 그렇네요?"

"예를 들자면 그렇다는 말입니다."

"하여간 위세는."

"제가 무슨 위세를 부리겠습니까? 사실이 그렇다는 거지요."

"작가님은 불교대학원에 다니지 않았어요?"

"거기 다닌 적이 있다고 다 불교에 관련된 글이 나오는 줄 압니까?"

"어쨌든 일반적인 다른 사람들보다는 낫지 않겠어요?"

"오히려 더 어렵습니다. 전문용어도 많이 있고, 잘못하면 불교계에 오해를 살 수도 있으니까."

"어떤 면에서요?"

"저는 철학적 불교관을 갖고 있는데, 그게 신앙적 불교관을 가진 사람들에게는 자칫 척한다는 느낌을 들게 할 수도 있어서 말입니다."

"그 정도 안목이면 되었네요. 역시 우리 이사님 판단이 적절했던 것 같네요. 이사님이 올해 초파일 특집드라마의 시나리오를 집필할 만한 분이라고 작가님을 추천하고 고집하셨거든요."

"그 친구, 곧 판단 착오라는 걸 알게 될 겁니다."

"마감은 이달 말까지인 거 잘 아시죠?"

"그런데 시일이 가뜩이나 빠듯한데 마감 날짜까지 왜 보름이나 앞당깁니까?"

"지금까지 작가님 글이 거의 다 그랬듯이 이번에도 특유의 야외촬영이 많을 것 아녜요? 그걸 감안해서 조금 앞당기는 것뿐이에요."

이선영 팀장은 가계약서를 내놓았다. 들고 넘겨보니 공란이 여러 곳 보인다. 제목, 선인세 계약금, 인세 금액 따위이다.

"이메일로도 보내드렸으니까 여기 빈칸 다 채워서 메일로 반송해 주시면 이사회에 올리겠어요. 검토 후에 승인이 나면 본계약서를 작성해서 가져올게요. 참, 가계약서 보내실 때 기왕이면 짤막한 줄 거리 정도라도 첨부해 주시면 사전에 제작 계획을 수립하는 데 도움이 될 것 같아요. 보내주실 거죠?"

보낸다 안 보낸다 못 보낸다 하고 대답할 일이 아니다. 보내지 않으면 안 되는 상황임이 자명하므로.

이선영 팀장이 돌아가고 난 뒤 가계약서는 그대로 밀쳐 둔다. 공란에 무엇이라도 적어 넣을 기분이 아니다.

컴퓨터를 켠다. 늘 그렇듯 시작페이지로 설정해 놓은 인터넷 포털 사이트 메인 홈 화면을 띄워 놓고 언론사별 뉴스를 친다. 그러고는 반쯤 남아 다 식은 커피 잔을 든다. 몇 줄 기사 중에 가장 먼저 눈에 띄는 기사가 한 줄 있다.

'육백오십 년 전의 연꽃 씨앗이라……'

얼른 클릭한다. 뜻밖에 기사거리는 경남 함안에서 나온 것이다. 함안군은 북쪽이 낮고 남쪽이 높아 임금이 있는 서북쪽으로 물줄기가 흘러드는 바람에 예로부터 불경지지(不敬之地)로 회자되곤 해 왔다.

하지만 반풍수 주정하는 소리나 다를 바 없는 그런 말과는 달리 함안은 고려 말 이십만 홍건적의 침입을 물리친 이방실 장군을 비롯해 충신열사 효자효부가 넘쳐나는, 풍수설에 반하는 아름다운 고장이다. 그러하기에 기사를 처음부터 끝까지 꼼꼼하게 읽어보지 않을 수 없다.

가야문화재연구소가 군청 소재지에서 그리 멀리 떨어져 있지 않는 성산산성을 발굴하다가 연꽃 씨앗 열 개를 수거했는데 한국지질자원연구원에 의뢰하여 연대측정을 해 보았더니 무려 육백오십 년 전 고려시대의 연자로 판명되었다는 것이다.

발굴 팀은 그것을 함안박물관과 함안농업기술센터에 발아 가능성을 의뢰했고, 두 기관의 연구원들이 애를 쓴 결과 일 년이 훨씬 지나서야 마침내 꽃을 피웠다는 내용이다. 연구원들의 노고가 얼마나 컸으랴.

기사 아래에는 연꽃을 찍은 사진이 있다. 수줍게 핀 연꽃 한 송이가 낯설기만 한 세상 앞에 홀로 앉혀진 부끄러움을 감추지 못한 나머지 꽃잎마다 발그레하게 달아오른 자태를 보이고 있다. 지긋이 바라보노라니 처연한 느낌마저 든다.

'왜 수백 년 전 그때 꽃을 피우지 못하고 이제 와서……'

다시 유심히 들여다보니 마치 연꽃이 남모르는 애잔한 사연 한 구절을 그 한 몸 떨기째 피워 올리고 있는 것 같지 않은가.

"홍련이라……"

가만히 바라보고 있자니 어딘지 모르게 그 꽃을 쏙 빼닮은 여인을 만났던 것만 같은 아련한 날이 문득 추상된다. 옛 젊은 시절의 한때. 수십 년, 아니 수천 년이 지난다고 하더라도 무엇을 품고 있는지 알지 못할 그윽한 자태를 지녔던 여인.

커피 한 모금을 머금은 채 잔을 내려놓고 눈을 감는다. 뇌 속 모든 세포가 앞다투어 먼 고려시대의 한 연못 속 풍경으로 아련히 빨려 들어가는 것만 같다. 온 사방 연꽃이 개화하는 소리가 애달피 울려 퍼지는 육백오십 년 전 어느 한 연당(蓮塘)으로 말이다.

제 2 장

연잎을 따는 소녀

동녘 하늘은 청삽사리의 희푸른 입김처럼 밝아 왔다. 밤새 한잠 들었던 산이며 들이며 강은 무거운 이부자리 속에서 긴 하품을 하며 기지개를 켰다. 산천이 내뿜은 하품은 공기 속에서 서로 섞이며 옅은 새벽안개로 피어났다. 안개는 고을 온 고샅길을 바삐 돌아 흐르며 사람들을 깨우기 시작했다.

집집이 인기척이 났다. 이윽고 사람들이 하나둘 삽짝으로 모습을 드러냈다. 바지게에 거름을 잔뜩 진 채 지겟작대기를 힘겹게 짚으며 산밭으로 오르는 사내에서부터 낫자루를 쥔 손으로 뒷짐을 지고서 들로 나가는 사내들, 항아리를 이고 물을 길으러 가는 계집아이들, 빨랫감을 담은 광주리를 숨기듯 옆구리에 끼고 종종걸음을 쳐시냇가 빨래터로 내걷는 아낙들도 있었다.

"잘 주무셨어요?"

"응? 그래. 오늘은 일찍 못에 가는구나?"

"예. 장날 마련을 해야 되어서요."

아라는 반달못 가에 이르렀다. 머리에 인 채광주리를 못 둑에 내려놓고는 정수리에 받쳐 놓았던, 골풀을 엮은 똬리도 들어내었다. 홑버선과 미투리를 벗어놓고 누가 숨어서 엿보고 있지는 않나 하여 사방을 두리번거렸다.

쪽빛 허리띠를 풀고 어깨에서 발목까지 길게 통으로 내린 은분홍빛 겉옷을 벗었다. 속저고리 소맷배래기를 팔꿈치 위 팔뚝까지 걷은 후, 풀어 놓았던 긴 띠를 집어 들었다. 사방을 주의 깊게 살피며 흰 속치마를 허리까지 걷어 올리고는 띠를 돌려 묶었다. 가랑이가 짧은 잠방이의 밑단은 허벅지 끝까지 접어 올렸다.

채광주리에서 놋쇠방울들이 주렁주렁 달린 벌잇줄을 집어 들었다. 종짓굽과 오금 바로 위 넓적다리를 둘러 고를 내고는 나비매듭으로 단단히 맸다. 두 다리에 다 매고 허리를 펴자 정강이와 장딴지 그리고 알종아리와 발목에까지 어떤 것은 짧게 또 어떤 것은 길게 늘어뜨려졌다.

"딸랑, 딸그랑."

"방울님들, 오늘도 거머리가 달라붙지 않도록 해 주시어요."

광주리 속에 든 무쇠 꽃가위를 들었다. 두 날을 겹쳐 박은 사북 머리에는 연꽃무늬가 새겨져 있었다. 아라는 한 손잡이에는 엄지 볼살까지 끼워 넣고 다른 손잡이에는 중지, 약지, 소지를 넣었다. 검지는 가위 손잡이 바깥 테를 받쳐 대었다. 가윗날을 귀에 대고 벌렸다 오므렸다 했다. 두 날 몸이 마주 엇갈리며 사강사강 소리를 내었다.

"날이 잘 갈아졌네."

흐뭇한 낯빛이 된 아라는 빈 채광주리를 옆구리에 끼고 천천히 둑비탈을 내려갔다. 두 무릎 아래로 늘어뜨린 방울들이 서로 부딪히며 딸랑거렸다. 못 안 연잎 위에 앉아 있던 개구리들이 그 소리에 놀라서 앞서거니 뒤서거니 물속으로 뛰어들었다. 개구리가 앉았던 연잎들이 흔들렸다.

"얘들아, 지난밤에 잘 잤니?"

아라는 두 맨발을 차례로 못물에 담갔다. 차가운 기운이 온몸으로 자르르 타고 올랐다. 이맛살을 찌푸린 채 종아리까지만 담그고 서 있었다. 그렇게 연못물의 냉기에 적응을 하고서야 한 발 한 발 조심스럽게 내디디며 못 안으로 들어갔다. 자칫 못 바닥에 깔려 있는 진흙에 미끄러지면 안 되었다.

못이 차츰차츰 깊어졌다. 못물 밖과 같이 물속에도 연줄기가 이리저리 얽혀 우거지기는 마찬가지였다. 꽃가위를 높이 들고 광주리는 옆구리에 낀 채 무릎까지 잠기는 데에 다다랐다. 넓게 펴진 연초록빛 잎사귀들 사이로 꽃대를 올린 채 흰 연과 붉은 연이 못 가득 어울려 있었다.

연두초롱 속에서 흰 불빛이 은연히 배어나오는 것만 같은 꽃봉오리들, 갈파래 빛 고운 꽃받침 위에서 한 장 한 장 숨죽여 벌어지고 있는 발그레한 꽃잎들, 누인 베 같은 흰 꽃잎은 차마 물들이지 못하고 꽃잎 끝침에만 살짝살짝 붉은 점을 찍어 놓은 듯한 꽃송이들, 꽃술에서부터 번져 나온 분홍빛이 꽃잎 가장자리에 이르러서야 더 나아갈 데가 없어 짙붉게 몰려 애를 태우는 꽃대들…….

선뜻 가위를 대지 못하고 포갠 두 날을 무는 듯 입술에 대고 있던 아라는 가까스로 입을 열었다.

"연꽃님들, 미안해요. 조금만 따 갈게요"

몸 둘레에 있는 연꽃과 연잎을 살펴보던 아라는 꽃가위를 대어 하나씩 잘라 따 채광주리에 담기 시작했다.

"삭독, 삭독, 삭독……."

이슬에 젖은 백련 송이와 부드럽고 매끈한 연잎을 딸 때마다 한마디씩 위로의 말을 전하는 것을 잊지 않았다.

"얼마나 아프실까."

"한 장도 버리지 않고 잘 쓸게요"

자르고 난 다음에는 매번 꽃과 잎을 자른 자리를 손끝으로 매만져 주곤 했다. 구멍이 뚫린 대에서는 희끗하고 끈끈한 것이 올라왔다.

"흰 피를 많이 흘리시지는 않아야 할 텐데."

아라는 줄곧 혼잣말을 하며 철벅철벅 물 튀는 소리가 나지 않게 발을 가만가만 옮겨 디뎠다. 아직 꽃봉오리를 벌리지 않은 잠꾸러기 연꽃이 놀라서 갑자기 깨지 않도록 하기 위해서였다. 또 보이지 않는 물속에 칭칭 얽혀 있는 줄기에 걸려 넘어지지 않기 위해서이

기도 했다.

바람이 불어왔다. 눈앞에 올라와 있는 연꽃잎들이 한쪽으로 쏠렸다. 아라는 잎이 낱낱이 부서지기라도 하면 어쩌나, 꽃이 송이째 떨어져 버리기라도 하면 어쩌나 하는 생각에 가위질을 멈추었다. 다행히 바람은 그 한줄기가 지나간 것이 다였다.

"짹짹, 짹짹짹!"

어느덧 참새들이 부산하게 날아다니며 지저귀고 있었다. 못 안 연꽃과 연잎에 온 어안이 팔려있던 아라는 허리를 펴며 건듯 고개를 들었다. 어느새 날이 훤히 밝았다. 끼고 있던 채광주리에는 연잎과 연꽃송이가 차곡차곡 들어 있었다.

"오늘은 이만큼이면 넉넉하겠어. 잘 계셔요, 고마운 연님들."

아라는 발밑을 조심하며 못 밖으로 나왔다. 채광주리를 내려놓고 두 다리부터 살폈다. 거머리가 너덧 마리 붙어 있었다. 하나하나 떼어내어 물속으로 던졌다. 붉은 멍이 진 물린 자리를 한 곳 한 곳 살살 눌렀다.

"아이참, 거머리가 한 마리도 달라붙지 못하게 할 방법은 없을까?"

놋쇠방울들이 달린 벌잇줄을 허벅지에서 풀어 놓은 아라는 못 가로 내려갔다. 두 손을 한 줌 바가지 모양으로 못물을 떠서 다리에 끼얹어 덕지덕지 묻은 진흙을 씻어냈다. 팔뚝에 묻은 진흙도 말끔히 문질러 낸 뒤에 수건을 품속에서 꺼내 물기를 닦았다. 그러고는 접어올린 잠방이 밑단을 내리고, 허리띠로 묶어 놓았던 속치마를 풀었다.

다시 올라와 앉아 버선과 미투리를 신고서야 속저고리의 소맷배래기도 내렸다. 일어서서 긴 겉옷을 입고 허리띠를 둘러맸다. 똬리를 정수리에 놓은 뒤, 똬리에서 귀밑머리로 늘어뜨린 끈을 입에 물었다. 연꽃과 연잎이 차 있는 채광주리를 머리에 이었다.

못 둑길을 걸었다. 반월정을 지날결에 문득 참새들이 지저귀는 소리가 들리지 않아 무심히 하늘을 올려다보았다. 높고 푸른 하늘 멀리 매 한 마리가 날아다니고 있었다. 그러더니 두 날개와 발톱을 뒤로 빼고 벌판으로 대가리를 내리박듯 쏜살처럼 떨어지는 것이었다.

"저 매가 들쥐라도 발견했나보네? 내가 만약 저런 매라면 하늘만 훨훨 마음껏 날아다닐 텐데. 그렇게만 된다면 다른 짐승들을 잡아먹지 않더라도 조금도 배고프지 않을 거야."

부러움과 푸념이 섞인 말을 중얼거리다가 아라는 다시 걸음을 재촉했다. 반달못으로 흘러드는 물줄기를 한참 거슬러 올라갔다. 바람보다 맑은 물이 흐르는 윗내에 이르렀다.

개울물 속을 무리지어 헤엄치던 갈겨니들이 아라가 내는 인기척에 어디론가 달아나버렸다. 바위틈에 쪼그려 앉은 아라는 너럭바위 위에 연꽃과 연잎을 부은 뒤 채광주리부터 깨끗이 씻어서 곁에 놓았다. 그러고는 백련 한 송이를 따로 두고, 다른 연꽃의 꽃잎은 모두 다 한 장씩 따 흐르는 물에 씻어서 채광주리에 담았다. 바닥을 기어 다니던 가재들이 바위 밑으로 숨어들었다. 아라는 슬그머니 의문이 들었다.

"이렇게 맑은 개울물에는 아무 꽃이 자라지 않는데 왜 더러운 못 물에서는 아름다운 연꽃이 피는 걸까? 참, 이상도 하지."

연잎도 물에 넣어 앞뒤를 살살 문질러 씻어서 물기를 털고는 잘 살펴보았다. 언젠가 개구리가 연잎에 똥을 싸 놓은 걸 발견한 뒤로 오줌도 싼다고 생각해 온 터였다. 얼른 보기에는 잎에 얼룩이 져 있지는 않지만 조금이라도 묻어 있을 수 있다고 믿어왔다. 어떤 잎에는 거미줄도 붙어있어서 낱 잎을 한 장 한 장 잘 살피며 씻지 않으면 안 되었다. 어느새 앞산 돌배나무에서 참매미 우는 소리가 요란하게 들려왔다.

"띠, 띠…… 맴, 맴, 맴…… 매애."

아라는 그런 매미가 유난히 싫었다. 나무가 힘들어 쓰러질 만큼 밑동이며 가지마다 셀 수 없이 붙어서 보는 사람을 섬뜩하고 징그럽게 하기 때문이기도 했지만, 그렇게 붙어서 숨죽인 채 가만히 있다가도 별안간 약속이나 한 듯이 귀를 따갑게 하는 소리를 내는 바람에 다른 소리는 아무 것도 들을 수 없어서였다.

"세상에 저 매미들과 나백근이 놈만 없으면 좀 살 만할 텐데. 아니 참, 또 있지. 누가 술을 만들었는지 몰라. 언제고 만나면 아주 혼내줘야지. 정말이지 술이 없어졌으면 좋겠어. 그것만 없어진다면 저

따위 매미 소리나 나백근이 정도는 얼마든지 눈감아 줄 수 있는데.”

아라는 마지막 남은 연잎 한 장을 씻어서 채광주리에 담았다. 그런 뒤, 따로 놓아두었던 백련 한 송이를 두 손으로 고이 가슴 앞으로 들고 일어서서 고개를 조금 숙인 채 마음속으로 간절히 기도를 했다.

‘부처님, 제발 이 세상에서 술이 없어지도록 해 주시어요’

합장한 두 손바닥 안에 들고 있던 백련을 정성스럽게 냇물에 떠내려 보내놓고도 아라의 맘 속 기도는 그치지 않았다. 백련이 시야에서 사라지고 나서야 두 팔을 머리 위로 크게 원을 그으면서 가슴에 모으고 허리를 반나 접어 세 번 절을 한 뒤 고개를 들었다.

“매일매일 일심일념으로 기도하면 꼭 들어주실 거야.”

아라는 채광주리를 이고 고을로 향했다. 멀리 동구 밖 길을 오가는 사람들이 보이자 까닭 없이 반가움이 일었다. 반나절 가깝게 홀로 있었던 데서 오는 막연한 안도감 때문일 터였다.

“아주머니, 안녕하셔요?”

“오늘도 못에 다녀오는구나.”

이웃집에서 주막을 하는 대산댁이 웃는 낮으로 아라의 인사를 받았다.

“마침 국이 다 끓었네. 좀 떠 줄 테니 가져다 먹어.”

“아니어요. 손님들한테 많이 파셔요.”

아라는 봉놋방에서 나오는 대산댁의 남편 이레우에게도 인사를 했다. 이레우는 아침 일찍부터 일하러 다니는 아라를 대견스럽게 여기며, 사양한다고 국을 한 바가지 퍼 담아주지 않는 아내를 짐짓 나무랐다. 아라는 그 소리를 듣고 민망해서 종종걸음을 쳐 얼른 집으로 들어왔다.

모이를 찾아 집 안을 돌아다니던 닭들이 졸졸 따라 다녔다. 아라는 입으로 발로 쫓으며 채광주리를 봉노에 내려놓았다. 양부가 들어있는 방에서 아무런 기척이 나지 않는 것으로 보아 아직까지 곤히 잠들어 있는 듯 했다.

"휴우, 약주를 도대체 얼마나 드셨는지, 하루가 멀다 하고 그러시니······."

아라는 연잎을 두 단으로 나누었다. 한 단은 서너 잎씩 말아서 썰고, 썬 것을 황토로 만든 솥에 넣고 아궁이에 불을 지펴 골고루 덖었다. 그런 뒤 성긴 싸리채광주리에 받쳐 열을 식혀가며 세 차례 반복하여 덖었다. 잘 덖어진 연잎은 연둣빛, 초록빛, 누런빛이 알맞게 어울렸다. 그것을 다시 놋쇠 솥에 넣고 덖기를 거듭했다.

그런 뒤에는 황토방 바닥에 흰 베를 깔고, 덖은 찻잎을 넓게 펴 부채질을 하며 말렸다. 찻잎을 손으로 만져보아 어느 정도 식은 것을 확인한 아라는 베째 밖으로 들어내어 자리 위에 펴 놓고 한뎃바람과 그늘에 마르도록 했다.

덖은 찻잎이 마를 동안, 다른 한 단은 생연잎 그대로 스무 장을 한 묶음으로 지어 흰 실로 묶어서 채광주리에 켜켜이 잘 담아 놓았다.

자리 위에 펴 놓은 찻잎을 거두어 한 움큼씩 연꽃잎을 겹쳐가며 정성을 들여 싸고, 그것을 다시 커다란 연잎에 하나씩 싸서 한 주먹 만한 크기로 만들고는 실로 십자꼴로 감아 묶었다. 모두 열다섯 묶음이 되었다. 아라는 다 만든 찻잎 뭉치를 건넌방 시렁 위에 가지런히 올려 두었다.

아라가 방에서 나와 부엌으로 들어가려는 찰나, 안방 퇴문이 열리더니 양부가 말하는 소리가 들렸다.

"어허, 몹시 목이 마르구나. 찬물 한 바가지 다오."

"일어나셨어요? 잠시만 기다리셔요."

양부는 아라가 떠다 준 물 사발을 벌물 켜듯 다 들이마시고는 한 차례 시원스런 트림을 했다. 아라는 양부가 건네주는 빈 물 사발을 받아서 들고 있던 소반에 놓았다.

"얼른 진지를 차려 올릴게요."

아라는 조는 줌 반을, 멥벼는 반 움큼을 절구에 찧어 키로 까불린 다음, 물로 씻어 조리로 일고 솥에 안쳤다. 불을 지핀 뒤에 밥에 뜸이 들 무렵이 되자 아궁이에서 숯불을 끌어내었다. 뚝배기에 두부된장국을 끓이고, 철반에 애호박전을 지지고, 더운물을 끓여 두어 가지 나마새를 데쳐 내어 조물조물 무쳤다. 늘 먹던 연근 장아찌와 연근 조림까지 차려 올린 밥상을 들였다.

"갈아준 가위는 잘 들더냐?"

"예. 일거리는 찾으셨어요?"

"오늘은 도편수 어른을 찾아가 보아야겠구나."

아라는 양부가 상을 물리자 연잎차를 몇 잔 따라주었다. 밥상을 들고 나온 아라는 양부가 남긴 밥과 국과 반찬을 깨끗이 비웠다.

"여름이라 음식이 금방 쉬니까."

따로 배불리 먹는 것도 아니요, 늘 양부가 먹다가 남긴 것만 먹는 데도 막연히 미안한 마음이 들었다. 누구라고 꼭 집어서 들 수는 없지만 그런 것도 못 먹고 굶주리는 사람들이 한둘이랴 싶어서였다.

서둘러 설거지를 끝낸 아라는 작은 화로에 숯을 담고, 다관, 찻잔과 같은 다구와 생연잎 묶음을 챙겼다. 사흘 전에 만들어 시렁에 올려두었던 연잎차 뭉치들도 채광주리에 담아 베를 덮어 머리에 이고는 집을 나섰다.

"다녀올게요"

읍성이 가까워지자 서녘 산 쪽에서 쓰름매미 우는 소리가 났다. 어디선가 한 놈이 맴 하고 우는 듯하더니 곧바로 매에에 하고 온 고을이 시끄럽도록 울어대었다.

동문으로 간 아라는 문지기 나졸들과 인사를 나눈 뒤 안으로 들어갔다. 태평루 앞에서 왼쪽으로 꺾어 동헌 뒤편에 있는 안채로 들어갔다. 별다른 일 없이 앉아 있던 현령의 부인이 반갑게 맞이했다.

"올해 처음으로 딴 것이어요"

현령 부인은 아라가 내어놓는 햇연잎차를 들어 냄새를 맡았다.

"연꽃 향기가 그윽도 하구나."

현령 부인은 몸종을 시켜 아라에게 멥쌀 두 되를 내어주라고 일렀다.

"마님, 한 되 값이면 충분하옵니다."

현령 부인은 온화한 음성을 내었다.

"한 되는 이 연잎차 값이고, 또 한 되는 너의 정성 값이니라."

아라는 고맙게 받아 채광주리에 담아 이고는 안채를 나왔다. 동헌을 돌아드는데 뜰에서 사람들이 오가고 있었다. 아라는 뒷짐을 지고 지나치는 호장에게 인사를 했다.

"호장 나리, 안녕하시어요?"

"응, 아라구나."

교위가 군사 한 떼를 이끌고 다가오고 있었다. 아라는 종종걸음을 쳐 갔다.

"교위 나리, 안녕하시어요?"

"오늘도 마님께 연잎차를 올리고 가는 길이냐?"

"예."

"그런데 내가 산성에서 만드는 연잎차는 어찌 그리 맛이 안 나는지. 그 비법 좀 가르쳐 주련?"

"그건……."

"하하, 농담이란다. 나중에 절에 들르는 걸음이 있으면 가는 길에 산성에도 연잎차를 좀 가져다 다오."

"예, 교위 나리."

태평루 앞을 지나치려는데 공수정이 헛기침을 하며 다가오고 있었다. 아라는 또 허리 굽혀 절을 했다.

"공수정 나리, 안녕하시어요?"

"오냐. 우리 아라가 올봄에는 부쩍 예뻐지는구나."

"이년은 이만."

아라는 얼른 걸음을 옮겼다. 공수정이 아라의 뒤태를 돌아보고는 입맛을 다셨다.

"고것 참. 며느리로 삼으면 딱 좋으련만 백근이 그놈은 어찌 하여 미적거리기만 하는지, 에잇!"

읍성 동문 밖으로 나온 아라는 약방으로 갔다. 의원에게 생연잎 한 묶음을 주었다. 의원은 부책(簿冊)에 적어 아라에게 내놓았다. 아라는 수결을 친 뒤, 저의 부책에도 적고 의원의 수결을 받았다. 지난해부터 적어온 것이 곧 베 한 필 값에 이를 것 같아 기분이 썩 좋았다.

"네 아비는 아직 아직도 취중 광태를 부리느냐?"

아라는 무어라 대답하지 않았다.

"그런 건 병중이 아니고 습성이니, 평소에 울결을 다스려야 하느니라. 신세 한탄 말고, 사는 게 다 그러려니 하고 느긋한 마음을 지녀야 한다는 말이다."

"그렇게 지내시도록 이년이 애쓰고 있어요."

"오냐. 아무 원망 없이 못난 양부를 봉양하는 네 마음씨가 참 갸륵하구나. 아비 밥상에 연근 반찬을 자주 올리도록 하거라. 그러면 술로 말미암아 간장이 탈 나는 것에 효험을 볼 것이다."

"예, 의원님."

아라는 동문 아랫녘으로 갔다. 여느 때에는 닷새마다 열리는 장이지만, 비가 오는 날이면 장이 서지도 않아 꼬박 열흘 만에 열리기도 했고, 여름 장마철이나 겨울철에는 거의 폐장이 되다시피 하는 작은 장터였다.

하지만 장을 찾는 사람들은 적지 않았다. 근동에 그만한 장도 없을뿐더러, 바다에서 올라오는 산물은 더 깊숙한 내륙으로, 또 내륙의 산물은 바닷가 쪽으로 가는 길목에 자리하고 있었기 때문이다.

"아저씨, 안녕하셔요?"

"응, 이제 오니?"

옹기전 주인에게 인사를 건넨 뒤, 아라는 맡겨두었던 평상을 꺼내 놓고 난전을 폈다. 그릇을 사러 오는 사람들이 곧잘 차도 같이 사 가기도 했고, 차를 사러 왔다가 그릇까지 한두 개씩 사 가는 이들이 적지 않았다.

아라는 숯불을 지펴 다관에 물을 끓인 뒤, 차를 타 지나가는 사람들에게 한 잔씩 맛보기로 권했다.

"맛 좋은 연잎차이어요. 한 잔씩 드시고 가셔요"

질그릇을 보러 온 아낙이 다가왔다. 아라는 한 잔 건넸다. 향기를 맡고는 한 모금 마신 아낙의 얼굴에 웃음이 일었다.

"어쩜! 연꽃 향이 온몸으로 퍼지는 것만 같네."

홀짝홀짝 마시며 차를 다 비운 아낙은 수수 반 되를 값 삼아 연잎차 한 묶음을 사 들고 돌아섰다.

고깔을 쓴 비구니들이 아라의 난전을 둘러섰다. 아라는 큰 손님인 줄 알고 얼른 차를 냈다. 비구니들은 말없이 마셨다. 그중 한 사람이 등에 지고 있던 바랑을 열고 조그만 버들채고리를 내놓고는 열었다. 시루떡이 가득 들어있었다. 아라는 연잎차 두 묶음을 주고는 돌아서는 그들에게 합장을 했다.

험상궂은 사내가 성큼성큼 다가왔다. 그러고는 어깨에 메고 있던 멧토끼 가죽을 던지듯이 평상에 툭 내려놓았다.

"이것도 받느냐?"

"예, 그럼요."

"몸져누운 내 안사람에게 줄 것이니, 좋은 것을 내보거라."

아라는 차 한 묶음과 현령 부인한테서 받은 멥쌀 중에서 한 되를 덜어서 내주었다. 사내는 고개를 갸우뚱했다.

"귀한 쌀은 왜 주느냐?"

"값이 그렇게 되는 것이어요."

"그래? 알았다."

사내는 차 묶음과 쌀자루를 쥐고 바람처럼 가버렸다. 그 모양을 본 옹기전 주인이 빙긋 웃었다.

"허허, 아라 네가 바로 관세음보살님이구나."

"무슨 말씀을 그렇게 하시어요?"

"아픈 사람에게 미음이라도 끓여 먹이라고 되쌀을 준 그 속을 나는 잘 알지."

"아저씨도 참."

한낮에는 손님이 뜸하다가 파장 무렵에 이르자 사람들이 몰려들었다. 장꾼들이 저마다 가지고 나온 것을 팔고 돌아가는 길에 아라의 차를 사 가려는 것이었다. 두어 식경 만에 아라도 연잎차를 다 팔았다. 차 값으로 받은 것은 좁쌀에 콩에 소금에 심지어 물고기까지 각색 물종이었다. 평상을 옹기전 안에 들인 아라는 주인에게 물고기 한 마리를 주었다.

"뭘 이렇게 귀한 걸 다? 가지고 가서 양부랑 구워먹지 않고?"

"한 마리 남았는걸요."

"옛다. 이 뚝배기 하나 가져가려무나. 된장찌개 끓여먹으면 맛이 아주 좋을 게다."

"아니어요"

"자, 받아. 어른이 주는 걸 거절하면 못 써."

해질 무렵에 집으로 돌아온 아라는 차 판 값으로 받은 것들을 갈무리해 놓고는 닭을 모두 몰아 닭장에 넣은 뒤 모이통에 좁쌀을 한 줌 놓아주었다. 집 안 청소를 해 놓고 툇마루에 앉아 양부가 돌아오기를 기다렸다.

"오늘도 약주를 자시고 밤늦게 돌아오시려나."

저녁을 지어놓아야 하나 말아야 하나 고민되었다. 때를 못 맞추어 언제 돌아올지 모르는 양부의 밥이 자칫 식어버리면 안 되기 때문이었다. 아라는 저녁을 하려다가 말고 물고기에 소금만 쳐 간을 해 두었다.

"이렇게 해 놓으면 금방 구워서 밥상에 올릴 수 있을 거야."

양부를 기다리고 있자니 아라는 속이 너무 시장했다. 버들채고리를 열고 시루떡 한쪽을 집어 들고는 조금 떼어서 입에 넣었다. 침이 가득 고여 들어 떡 조각을 흔적도 없이 녹여버렸다.

고샅 어귀에서 인기척이 났다. 아라는 얼른 일어나 싸릿담 안에 서서 조마조마한 가슴에 손을 올린 채 밖을 내다보았다. 어두운 밤길을 흐느적흐느적 걸어오는 사람이 있었다. 양부였다. 아라는 마지못한 걸음으로 밖으로 나갔다.

"이제 오시어요?"

양부는 겨우 몸을 가누며 그 자리에 섰다. 그러더니 아라에게 손가락질을 하며 혀 말린 소리를 질렀다.

"네 이년, 이 요망한 년!"

아라는 우두커니 서 있기만 했다. 양부는 비틀거리는 걸음으로 바짝 다가들었다. 아라는 물러서지 않은 채 움찔 했다. 피하기라도 한다면 피한다고 더 큰 추태를 부릴 것이 뻔했다.

"양아비는 아비도 아니다, 이거지?"

"어찌 그런 말씀을 하시어요?"

"이년아, 네년이 내게 한 번이라도 아비라고 부른 적이 있느냐? 에잇, 몹쓸 년!"

양부는 느닷없이 아라의 뺨을 철썩 갈겼다. 아라는 소리도 지르지 못하고 무너지듯이 그 자리에서 쓰러졌다. 양부는 치민 분을 이기지 못해 쓰러진 아라를 짓밟기 시작했다.

"에라, 이년아! 죽어라, 죽어!"

아라는 튀어나오려는 비명을 두 손으로 막았다. 한 손에 쥐고 있던 떡은 떨어뜨리지 않으려고 꼭 움켜쥐었다. 양부가 소리를 지르며 발길질을 해대는 소리를 듣고 대산댁과 이레우가 나왔다.

이레우가 얼른 양부를 붙잡아 떼어내며 말리고 나섰다. 양부는 씩씩거리며 쌍심지를 켰다.

"넌 뭐야?"

양부가 주먹을 휘둘렀다. 이레우는 고개를 숙여 피하며 그의 뒤로 재빨리 돌아들었다. 그러고는 양부의 덜미를 잡고 옴짝달싹도 못 하게 단단히 당겨 조았다. 숨이 컥 막힌 양부는 버둥거렸지만 이레우의 억센 손아귀를 벗어나지 못했다. 이레우는 양부를 끌고 집 안으로 들어가 마당에 팽개쳐버렸다.

"어이쿠!"

"하고한 날 이게 무슨 짓인가. 자네도 낯이 있다면 부끄러운 줄 좀 알게. 에잇, 못난 사람!"

대산댁네에 든 아라는 흙투성이가 된 채 흐느끼기만 했다. 대산 댁이 등을 쓸며 위로해 주었다.

"왜 늘 맞고만 있어? 광태를 부리면 얼른 우리한테 건너오지 않고?"

돌아온 이레우가 혀를 차며 아라의 처지를 동정했다.

"저런 것도 사람이라고, 날이면 날마다 밥해 먹이고 빨래해 입히느냐? 아라 네가 얼른 시집이라도 가버려야 너도 우리도 저 꼴을 안 보고……"

대산댁이 이레우를 한차례 쳐다보아 그의 입을 막았다.

"에잇, 천하에 고약한 놈!"

이레우는 천장을 쳐다보며 한차례 울분을 토해 내고는 나가버렸다.

"오늘은 예서 나랑 같이 자고 가려무나."

아라는 누워서도 베갯잇을 적시며 울먹였다. 어느 결에 잠이 잠깐 들었다가 깬 아라는 곤히 잠들어 있는 대산댁이 깨지 않게 살 그머니 이불 속을 빠져나와 집으로 돌아왔다. 방에 들어 옷을 갈아 입은 지 얼마 지나지 않아 닭 우는 소리가 들렸다.

아라는 밖으로 나와 싸릿담 구석에 있는 닭장을 열었다. 닭을 풀어 놓고는 보금자리에서 달걀을 하나 꺼냈다. 방문이 열리는 소리가 덜거덕 났다. 고개를 돌렸다. 양부가 평소보다 일찍 일어난 것이 의아스러웠다. 아라는 물을 한 바가지 떠 다가갔다.

"어젯밤에 아무 일 없었지?"

아라는 대답하지 않았다.

"내가 또 네게 행패를 부렸느냐?"

그때 이레우가 찾아왔다.

"이 사람아, 행패를 부리다 뿐인가!"

양부는 간밤의 일이 하나도 기억나지 않는다는 표정이었다.

"이보게, 아라 아범. 어쩌자고 술만 들어갔다 하면 저렇듯 곱고 착한 아이를 때려서 쓰러뜨리고, 또 쓰러져 있는 아이에게 마구 발길질을 해댄단 말인가!"

"뭐, 뭐라고?"

"번번이 그러는 자네가 사람인가!"

"거 무슨 소리인가? 나는 결코 그런 적 없네."

"없어?"

이레우는 어이가 없었다.

"기억이 전혀 나지 않는 겐가, 아니면 남우세스러워서 딱 잡아떼는 겐가?"

"어허, 그런 일 없대도 아무리 술을 먹었기로 설마하니 내가 저 착한 우리 아라에게 행패를 부렸다니? 말이 되는 소리를 하게."

"허어, 자네 진정?"

아라가 글썽이던 눈물을 도로 눈 안으로 흘려 넣고는 이레우를 말렸다.

"아저씨, 이제 되었으니 그만 하셔요."

이레우는 뒷짐을 진 채 돌아서며 내뱉었다.

"한 번만 더 어젯밤처럼 광태를 부리면 내 아주 요절을 내놓을 테니 그리 알게."

그가 돌아가자 양부는 아라에게 물었다.

"저놈 말이 사실은 아니겠지?"

아라는 한두 번 겪는 일이 아닌지라 더 생각하고 싶지 않았다.

"머리 빗고 세수라도 하시어요. 진지 올릴게요."

아라는 간밤에 소금으로 간을 해 놓았던 물고기를 구워 양부의 아침밥을 차려냈다.

"오늘은 웬 물고기 반찬이냐? 같이 먹자꾸나."

"저는 이따가 먹을 게요."

"네가 먹을 생선은 따로 있겠지?"

"예."

"그럼 다행이구나."

양부는 고양이 혀를 한 채 물고기를 통째 집어 들어 싹싹 발라먹기 시작했다. 금세 뼈만 남기고는 상을 물렸다.

"오늘부터 도편수 어른이 읍성 서문 보개공사에 나오라고 하더구나."

"참말요?"

"그럼. 이제 일거리가 생겼으니 너도 쉬어가면서 못 일을 하거

39

라.”

“그래도 그럴 수 있나요. 일이 늘 생기는 것도 아닌데. 어쨌든 참 잘된 일이어요.”

아라는 다소나마 안도를 했다. 어떤 일이든 일이 있는 동안은 양부가 술을 적게 마실 것이기 때문이었다.

“다녀오마.”

“몸조심하시어요.”

양부가 일찍 나가는 바람에 아라도 닭들이 먹을 물을 떠 마당에 놓아두고 일찌감치 빨랫거리를 챙겨 들고 집을 나섰다. 아무도 없는 집에 혼자 어정거리며 있어보았자 이런저런 서글픔만 밀려들 것이었다. 그러느니 빨래터에 앉아 방망이질이라도 실컷 하고 싶었다.

“우리 아라가 여기에 와 있었네?”

물가 오동나무 뒤에서 나는 소리였다. 아라는 고개도 돌리지 않고 빨래를 돌려놓곤 하며 줄곧 방망이질만 했다.

“퍽, 퍽, 퍽……”

“어디 갔었나 많이 찾아다녔어. 집에도 가보고 반달못에도 가보고.”

그제야 아라는 손을 멈추고 돌아보았다.

“누가 찾아오래? 어서 썩 꺼지지 못해?”

“말이 심하네? 머잖아 낭군님이 될 분한테.”

“뭐야?”

아라가 빨랫방망이로 쫓는 시늉을 했지만 나백근은 그 자리에서 아랑곳하지 않고 히죽 웃었다. 화가 치민 아라는 물속에서 돌멩이를 주워 휙 던졌다. 나백근은 얼른 오동나무 뒤로 피했다. 돌멩이는 나무 밑동에 맞고 떨어졌다.

"집안일만 잘하는 줄 알았더니 팔매질 솜씨도 아주 좋은데 그래?"

"너 정말 혼나볼래?"

아라는 벌떡 일어섰다. 그때 빨래터로 아낙들이 한 떼 몰려오는 소리가 들렸다. 나백근은 아쉬워 입맛을 다셨다.

"아라야, 다음에는 반달못에서 만나."

"저 녀석이?"

아낙들은 저마다 이고 온 빨래광주리를 내려놓았다.

"아라가 일찍 와 있었네?"

"다들 안녕하시어요?"

한 아낙이 아라가 앉아있는 뒤태를 보더니 짓궂은 소리를 했다.

"아라 엉덩이 좀 보게? 시집갈 때가 다 되었는 걸?"

"어느 집에서 우리 아라를 데려갈지, 모르긴 몰라도 복덩이를 맞아들이는 건 분명할 거야."

"아무렴 그렇고말고."

"그런데 우리 고을에 아라를 데려갈 만한 집이 있나?"

"공수정 어른이 아라를 며느릿감으로 마음에 두고 있다던데?"

"그래? 한데 나백근이 그놈은 안 돼. 싹수가 그른 것이 평생 놀고 먹을 위인이야. 내가 장담하지."

"조만간 좋은 총각이 나타나겠지. 설마하니 짝이 없을라고"

"참, 아주머니들도 그만 좀 하셔요"

아라는 낯빛이 잔뜩 붉어진 까닭을 감추려고 너럭돌에 놓은 빨래를 바삐 뒤집어 가며 팔을 크게 들어 방망이질을 해댔다.

제 3 장

세 번의 인연

"도련님, 여긴가 보옵니다."

저 먼저 반달못 둑에 올라선 뚜칠이가 손을 내밀었다. 중문은 그 손을 잡고 올라섰다. 드넓은 못 안 가득 연꽃이 피어 있었다. 백련, 홍련, 홍백련, 백홍련……. 형형색색을 한 연꽃들이 연잎 사이로 머리를 내밀어 하늘을 향해 꽃잎을 열고 있었다. 사바세계에 구원해 놓은 서방정토의 화원 같기만 했다.

"이런 곳이 다 있었다니, 참 아름답지 않사옵니까?"

중문은 가볍게 부채질을 하며 바라보기만 할 뿐 말이 없었다.

"소인은 저 연꽃밭 속에 뛰어들어 세상 아무 근심, 걱정 없이 뒹굴고만 싶사옵니다."

중문은 반달못 둑을 따라 걸음을 옮겼다. 뚜칠이가 뒤따랐다. 못 안을 바라보고 걷던 중문은 무심코 하늘을 보았다. 뚜칠이도 고개를 들었다. 비구름이 반달못 건너 절벽으로 된 서녘 산을 넘어오고 있었다. 머잖아 한줄기 내릴 것만 같았다.

"우장(雨裝)을 마련해 오는 건데 미처 그 생각을 하지 못했사옵니다."

멀리 정자가 서 있었다. 중문은 둑길을 에돌아 걸으며 그곳으로 향했다. 누가 쓴 글씨인지는 알 수 없는 '반월정(半月亭)'이라는 현액이 걸려 있었다. 중문은 정자에 올라 반달못을 바라보았다. 연못 풍경은 둑에서 보는 것과 사뭇 달랐다.

가만히 바라보고 있자니 못 안에서 무언가 움직이는 듯했다. 뚜칠이가 중얼거렸다.

"새끼를 밴 암고라니가 연의 새순을 뜯으러 들어갔나?"

"사람인 것 같구나."

"사람이라고요? 어디?"

뚜칠이가 두 눈에 힘을 주었다. 아닌 게 아니라 사람이었다. 연줄기가 우거져 있는 못 속에서 걸려 넘어지지 않고 이리저리 용케도 다니는 것이었다. 광주리를 옆구리에 낀 것을 보아 사내는 아닌 것 같았다. 점차 반월정 쪽으로 다가오고 있었다.

"연잎을 따는 아낙이군요."

모든 것이 그 자리에 멈추어 있기만 한 넓은 못 속에서 오직 사람 하나만 움직이고 있는 풍경만으로 반달못 전체가 생동감이 번지는 듯 했다. 중문은 덧없는 눈길을 박고 오랫동안 물끄러미 바라보았다.

날이 순식간에 어두워지더니 하늘이 쿠르릉 쿵쿵 소리를 냈다. 한줄기 바람이 거세게 일며 후두두둑 빗방울을 몰아 왔다. 그러더니 이내 소나기가 쏟아졌다. 연꽃들이 비를 피해 얼른 연잎 밑으로 숨으려고 서둘렀지만 이미 흠뻑 젖고 말았다.

수많은 연잎을 두드리는 빗소리는 귀로 들리는 것이 아니라 가슴으로 들렸다. 반달못 풍경이 물안개에 가려 뿌옇게 흐려지고 있었다. 못 속에 있던 아낙은 어쩔 줄을 몰라 하다가 밖으로 나와 못 둑에 벗어둔 옷을 광주리에 주워 담고는 둑길을 내달리기 시작했다.

비를 피하려고 반월정으로 달려오는 것이 분명했다. 뚜칠이는 좋은 구경거리가 생겼다는 듯 헤죽벌죽 웃었다.

"도련님, 저 아낙이 속곳 차림으로 이쪽으로 오는뎁쇼?"

"우리는 그만 내려가자."

"예에? 이 비를 맞고 가자고요?"

중문이 정자 아래로 내려가려고 하자 뚜칠이가 그의 팔을 붙잡았다.

"아이고, 도련님. 이 큰비를 맞으면서는 못 가시옵니다. 소나기인데 그리 오래 퍼붓기야 하겠사옵니까? 저 아낙이 정자 안으로 들어와서는 옷을 입을 것이니 그때까지 돌아서 있으면 될 일이옵니다."

중문은 반달못을 등진 채 정자 모서리로 가 섰다.

"그렇게 잠시만 계시옵소서."

아라가 허벅지에서 방울소리를 울리며 반월정으로 뛰어 올라왔다. 끼고 있던 채광주리를 내려놓고는 가슴에 손을 대며 가쁜 숨을 헐떡거렸다. 잠시 후 온몸에 묻은 빗물을 털며 중얼거렸다.

"비님도 참. 이렇게 무작정 내리시다니."

아라가 옷을 다 갖추어 입자 뚜칠이가 뒤편에서 군기침 소리를 냈다. 반사적으로 돌아본 아라는 놀라 소리를 질렀다.

"에그머니나!"

"그리 놀랄 것 없소"

"뉘, 뉘셔요?"

"우리도 비를 피해 여기에 있는 것뿐이라오"

우리라는 말에 아라는 뚜칠이의 어깨 너머에 서 있는 사람을 보았다. 도령 차림으로 하고 뒤돌아 서 있는 것이었다. 뚜칠이도 돌아보았다가 고개를 다시 바로 놓고는 웃는 낯으로 말했다.

"멀리서 보고 아낙인 줄 알았더니 앳된 처자였네 그려."

"머, 멀리서 보다니요?"

"아, 아니. 못에 연꽃이 핀 풍경이 썩 보기 좋길래……."

아라는 낯을 붉혔다. 속곳만 입고 반달못에 들어있던 모습을 다 지켜보았다는 말이었다. 또 방금 전에 가까이에서도 속살이 비치는 홑옷 차림을 아래위로 죄다 훑어보았으리라는 짐작에 슬그머니 화가 치밀었다.

"여기 있었으면 진작에 말을 할 것이지 왜 숨어서 그래요!"

"숨은 게 아니라니까, 나 참."

중문이 몸을 돌려 쥘부채를 접으며 다가왔다.

"어쩌다가 이렇게 된 것이니 과히 역정을 내지 마오. 내가 사죄하리다."

"도련님, 도련님께서 사죄까지 할 일은 아니옵니다?"

"시끄럽다."

뚜칠이는 입을 뚝 다물었다. 이번에는 아라가 몸을 반쯤 돌려 섰다.

"내 사죄를 받아주겠소?"

"이, 일부러 그런 것이 아니라면야……."

"그럼 됐소 우리는 비만 피하고 내려갈 것이니 너그러이 사려해 주오."

아라는 채광주리를 안고 못 쪽으로 섰다. 중문의 눈길에 채광주리 속에 담긴 것이 스쳤다. 물방울이 맺혀 있는 연꽃과 연잎에 뜻모를 애잔함이 묻어나는 것만 같았다. 중문도 한쪽 기둥으로 가 반달못을 바라보았다. 뚜칠이가 아라를 한차례 곁눈질하면서 중문에게 다가서며 어색한 분위기를 누그러뜨리려고 중얼거렸다.

"거참, 비 한번 시원하게 내리네."

중문도 아라도 입을 열지 않았다. 뚜칠이는 겸연쩍어 제 뒷머리를 긁었다. 군소리를 더 늘어놓아본들 아무도 대꾸해 주지 않을 것 같았다.

아라의 몸에서 김이 피어올랐다. 젖은 얼굴 그대로 오들오들 떨었다. 종을 딸린 낯선 도령이 몇 걸음 옆에 서 있는 탓에 숨도 제대로 쉴 수 없었다. 꼭 저를 바라보고만 있는 것 같아 몸 둘 바를 몰라했다.

뚜칠이가 그 낌새를 알아채고는 넌지시 물었다.

"처자는 어디에서 사시오?"

"……."

중문은 줄곧 비 내리는 반달못 풍경을 바라보았다. 빗줄기가 크고 작은 연잎을 두드리는 소리를 듣고 있었다. 문득 연잎에 구멍이라도 나면 어쩌나 하는 생각이 들었다. 연꽃도 걱정이 되었다. 연잎은 그렇다 치더라도 어여쁜 연꽃이 비에 상하면 안 될 일이었다.

"뚜칠아, 못에 좀 내려갔다 오너라."

"예에? 어인 일로요?"

"연꽃이나 연잎이 비에 상하고 있지나 않는지 보고 오라는 말이다."

"도련님도 참."

"어허, 이놈아. 어서 가보고 오라지 않느냐."

"그럴 일은 절대로 없으니 그런 심려일랑 훌훌 날려버리소서."

"절대로 없다니? 어찌 그리 장담을 하느냐?"

"아 글쎄, 그런 일은 없다니까요."

뚜칠이는 거센 빗발을 뚫고 내려가고 싶지도 않거니와 얼토당토 않은 걱정을 하는 중문이 알아듣도록 할 만한 마땅한 말이 생각나지 않아 아라에게 고개를 돌렸다.

"정 소인의 말을 못 믿으시겠다면 저 처자한테 하문해보소서."

"그래? 그럼 네놈이 가서 정중히 물어보고 오너라."

그 소리를 들은 아라가 가만히 고개를 돌렸다.

"연은 비를 좋아하옵니다."

중문은 뜻밖의 목소리에 아라를 바라보았다. 아라는 몸까지 돌리고 고개를 다소곳이 숙인 채 말했다.

"그러니 이렇게 비가 오면 물속이나 물 밖이나 온 연못이 다 춤을 추는 듯 즐거워하지요. 연꽃도 연잎도 다 상하지 않으니 그럼 시름은 마시어요."

뚜칠이는 신이 난 얼굴이 되었다. 아라가 입을 연 것도 반갑기 그지없는 데다가 제 편이 되어준 까닭이었다.

"그렇지, 그렇고말고. 괜한 걱정을 다 하신다니까."

중문은 아라의 말을 속으로 곱씹었다.

'연은 비를 좋아한다……'

비가 뚝 그치고 날이 다시 환히 갰다.

"이제야 호청(好晴)해지는구나."

"도련님, 길이 아주 질겠사옵니다. 소인이 업고 갈깝쇼?"

"이놈아, 내가 어린아이냐?"

중문은 반월정을 내려왔다. 뚜칠이 말처럼 땅이 질퍽하여 걷기가 힘들었다. 몇 걸음 내딛지 않아 뒤돌아보았다. 채광주리를 머리에

인 아라는 화급히 달아나듯이 둑길 반대편으로 종종걸음을 쳐 가고 있었다.

중문은 염화사 비구니 주지와 마주 앉았다. 주지승은 찻잔에 차를 따랐다. 중문은 손으로 들어 향을 맡아본 뒤 한 모금 넘겼다. 왠지 서글픔 같은 것이 배어있는 맛이었다. 주지승은 중문의 안색을 읽었다.

"연잎차는 처음 맛보는가 보오?"

"그렇습니다."

"그래 절에서 며칠 지내보니 어떠오?"

"왕경에 있을 때보다 낫습니다."

"그렇다면 다행이구려. 한데 얼마나 머물 작정이오?"

"석문(釋門)에서는 사람이 오가는 일을 묻지 않는다고 들었습니다만."

주지승이 미소를 지었다.

"그렇지요. 한데 우리 절 살림살이를 맡고 있는 스님이 다달이 공양할 곡수(穀數)를 정해야 하기에 부득이 묻지 않을 수 없구려."

"어머니께서 시주를 충분히 하지 않았습니까?"

"많이 하셨소. 그렇다고 해서 쌀 한 톨, 밥 한 알이라도 내다 버리는 일이 있어서는 안 되지요."

"얼마나 머물지 아직 생각해 보지 않았습니다."

주지승은 즉답을 피하는 중문의 표정을 살피고는 입을 열었다.

"나도 어릴 적에 도령의 선친이신 이 장군을 담 하나를 사이에 두고 가까이에서 보고 자랐지요. 남몰래 속으로만 좋아했었던 기억이 나오."

늙은 비구니의 얼굴에 홍조가 일었다. 중문은 묵묵히 듣고만 있었다.

"임금님과 백성을 위해 한시도 장검을 허리춤에서 풀지 않으시고 내우외란을 다 진압하신 크나큰 훈공이야 구태여 두 입으로 말할 것이 없는데, 어찌 그리 창졸지간에 가시었는지……."

중문은 주지승이 말끝을 흐리는 까닭을 알 만했다. 전쟁터를 함께 누비고 다녔던 절친한 친구를 오해하여 죽인 뒤, 그로부터 얼마 뒤에 당신도 믿었던 부하들에게 살해당하고 만 아비의 처지를 딱하게 여기고 있다는 방증이었다.

"장시일 조정에서 사로(仕路)를 열어주지 않는다고 임금님을 등지는 건 옳지 않은 일이오."

"허통(許通) 불허통(不許通)이 어인 근심거리이겠습니까? 그렇지 않습니다."

"허면, 사문(沙門)이 되려 하오?"

중문은 말없이 차만 들었다. 주지승은 그제야 중문이 품고 있는 뜻을 알아차렸다. 그의 어미가 시주 수레를 끌고 와서는 비장한 음성으로 신신당부한 말이 떠올랐다.

'그 아이가 예서 머물며 아비 잃은 슬픔을 달래는 것은 하등 심려하지 않겠으나, 혹시라도 불쑥 머리를 깎고자 할 때 그 뜻을 곧이 받아들여 출가를 시킨다면, 그 이후부터 이 절은 흔적도 없이 세상에서 사라질 것이오. 주지께서는 부디 불망각심(不忘刻心)하오.'

그 말이 아니더라도 주지승은 중문의 머리를 깎아주고픈 마음이 조금도 없었다. 누구나 지극한 슬픔이나 고통을 겪으면 세상을 피하고 싶은 법이었다.

옛적에 자신도 마음에 두었던 사람을 멀리 떠나보낸 뒤 절통한 심정을 이기지 못하고 목숨을 끊으려다가 흔치 않은 인연을 맺어 먹물 들인 옷을 입게 되었지만, 그럭저럭 살아오다 보니 베옷이든 먹물옷이든 다 별 것이 아니었다. 세월이 녹이지 못하는 것은 아무것도 없었다. 중문에게 필요한 것은 머리 깎는 칼이 아니라 바로 그 세월이었다.

"세상 싫다고 다 부처님 제자가 될 수 있는 건 아니라오."

"……."

"이 한 몸 자성을 깨쳐 모든 중생을 구제하겠다는, 만고에 철석 같은 서원을 마음속에 세웠어도 단 하루 한나절 동안만도 그 한길 가기란 세상 어떤 일보다 어렵다는 말이오. 하물며 세상을 피한답시고 머리를 깎고 절간에 뛰어들어서는 앉은 도적이 되기 십상이오."

"주지 스님은 어떠합니까?"

"도령의 눈에 보이는 그대로라오."

사미니가 기척을 내더니 들어와서 주지승에게 삼배를 올리고 말했다.

"가사와 이불 홑청을 기울 실이 다 떨어져서 장에 좀 다녀올까 합니다."

주지승이 말을 꺼내기도 전에 중문이 입을 열었다.

"마침 잘되었군요. 오늘이 장날이라 구경을 나설 생각이었는데 들르는 걸음에 제가 실 몇 토리를 사 오겠습니다."

"그러면 그렇게 하시구려."

주지승에 이어 사미니가 중문에게 말했다.

"소승이 본의 아니게 도련님께 폐를 끼치게 되었습니다."

"별말씀을요."

"흰 실 한 토리면 되오니, 공연히 많이 사지는 마십시오."

"알겠습니다."

주지승의 방에서 나와 처소로 돌아온 중문은 나들이 채비를 했다. 뚜칠이는 뚜칠이대로 가벼운 짐짝 하나를 등에 짊어졌다.

"종이 한 권과 베 한 필을 넣었사옵니다."

"장이 어디서 열리는 줄 아느냐?"

"불목하니의 말을 들으니 읍성 동문 밖에 있다고 하옵니다."

산을 내려와 반달못을 지나는 겨를이었다. 뚜칠이가 무슨 생각에서인지 부리나케 내달아 둑길로 올라갔다가 내려오는 것이었다.

"연꽃 따던 처자가 오늘은 없는뎁쇼?"

"이놈아, 누가 묻더냐? 앞으로는 그런 싱거운 짓 하지 말거라."

잦은 비로 보름 만에 열린 장날은 전에 없이 유난히 시끌벅적했다. 장터치고는 배좁은 곳이라 장사치들은 어깨에 어깨를 대고 난전을 벌려 놓고 있었다. 모처럼 사람 사는 세상 구경을 하게 된 뚜칠이는 마냥 싱글벙글이었다.

"실은 어디에 가서 사느냐?"

"방물장수가 어디 있을 터인데……. 아, 저기 있사옵니다."

중문은 실 세 토리를 사게 했다. 뚜칠이는 그 값으로 종이 여섯 장을 주었다.

"이젠 어디로 갈깝쇼?"

"아까 보니 주지 스님 드시는 차가 다 떨어졌더구나. 차 파는 곳을 알아보거라."

뚜칠이는 도자 장수에게 가서 물었다.

"예서 차를 파는 곳을 찾는다? 그렇다면 단연 아라한테 가보오. 저쪽 옹기전 앞에 난전을 펴 놓고 있을 거외다."

중문과 뚜칠은 길가는 사람들 사이에 섞여 걸었다. 몇 걸음 앞에 평상을 펴 놓고 차를 팔고 있는 처자의 모습이 보였다. 중문은 옹기전에 조금 못 미친 곳에서 멈추어 섰다. 반달못에서 본 바로 그 처자였다. 뚜칠이가 속삭이듯 말했다.

"도련님, 저 처자 이름이 아라랍니다."

'아라라…….'

중문은 저도 모르게 입속에서 되뇌며 아라를 바라보았다.

"맛난 연잎차 사셔요! 이레 전에 만든 햇연잎차랍니다."

한 아낙이 다가서서 차 맛을 보고는 물었다.

"한 묶음에 값을 어찌 받는가?"

"뭘로 치르시게요?"

"이거, 뭐 별거는 아니지만 이런 것도 받는가 싶어서 그러네."

아낙은 머리에 인 광주리를 내려놓았다. 오얏이 가득 담겨 있었다.

"반 근만 주시어요"

아낙에 이어 걸망을 지고 지팡이를 짚은 한 노인이 다가섰다. 걸망을 끄른 노인은 검게 말린 풀 조각을 한 줌 들어보였다.

"미역이니라."

귀하기 짝이 없는 것이었다. 아라는 말로만 듣던 미역을 얼마나 받아야 할지 망설였다. 노인은 두 손에 든 미역 조각을 아라의 채광주리에 담아주었다. 아라는 손톱을 깨물며 중얼거렸다.

"너무 많은 것 같은데……."

"네 연잎차가 하도 맛이 좋다길래 멀리서 찾아왔느니라. 한 묶음만 다오"

아라는 아무래도 한 묶음으로는 셈이 안 될 듯싶었다.

"뭘 그리 생각하고 섰느냐?"

"담아주신 미역을 멥벼로 치면 얼마나 하옵니까?"

"한 되도 받고, 두 되도 받고 허허, 내가 값 치기 나름이란다."

아라는 연잎차 두 묶음을 건넸다. 노인이 사람들 속으로 사라지고 나서야 중문은 몸을 드러냈다. 아라는 낯을 붉혔다. 뚜칠이가 웃는 낯으로 말했다.

"아무 오해하지 마슈. 우리도 차를 사러 왔으니까."

뚜칠이는 중문을 돌아보았다.

"도련님, 얼마나 살깝쇼?"

"알아서 몇 묶음 사거라."

"그러면 세 묶음만 주쇼."

뚜칠이는 쪼그려 앉아서 짐짝을 풀었다. 그러고는 아라를 올려다보며 말했다.

"차 값을 종이로 쳐드릴까 베로 쳐드릴까?"

"베로 주시어요."

뚜칠이는 또 중문을 바라보았다.

"도련님, 얼마나 끊을깝쇼?"

"반 필을 끊어 주거라."

뚜칠이는 둥글게 말려 있는 베를 거꾸로 감더니 권자 크기가 비슷해지자 가위질을 했다.

"옛소"

"반 필이면 너무 많사옵니다. 다 받을 수는 없사옵니다."

"도련님이 반 필을 드리라 했으니 나는 모르오. 자, 받기나 하오."

뚜칠이는 던지듯이 채광주리에 넣어주었다. 아라가 얼른 말했다.

"정 이러시겠다면 그 연잎차 물려주시어요. 저는 거지가 아니란 말이에요."

뚜칠이는 제가 나설 자리가 아니다 싶어 중문에게 비켜주었다. 중문이 다가섰다.

"거지 취급을 하는 것이 아니라, 차 맛이 좋기에 그러는 것이오. 물건 값은 파는 사람도 매기지만 살 사람도 매길 수 있는 것이 아니오?"

아라는 할 말이 생각나지 않았다. 중문은 아라가 받아 놓은 것들을 살펴보다가 오얏을 가리켰다.

"내가 처자의 생각보다 차 값을 훨씬 비싸게 쳐주었다면 저 오얏도 주오. 그러면 되겠소?"

"지체 높으신 도련님이 이런 하잘것없는 것을 드시려고 사겠다는 말씀이옵니까?"

"음식에도 신분이 있단 말이오?"

"그게 아니오라……."

뚜칠이가 끼어들었다.

"도련님, 그걸 참말로 잡수시려고 하시옵니까?"

"이놈아, 나는 이런 것 먹으면 안 된다는 국법이라도 있다더냐? 냉큼 담거라."

"그, 그러면 이 미역을 가져가시어요."

"그딴 미역은 예전에 질리도록 먹어봤소."

중문이 고개를 돌려 엄한 눈초리로 뚜칠이를 바라보았다. 뚜칠이는 움찔하며 얼른 아라에게 두 손을 내밀었다. 아라는 하는 수 없이 오얏을 내어주고 말았다. 중문이 말했다.

"나도 차 한잔 맛볼 수 있겠소?"

"이런 험한 저자에서 어찌……."

"오가는 사람들이 다 마시는 차인데, 나라고 왜 못 마시겠소? 한 잔 주구려."

뚜칠이는 아라에게 고개를 끄덕이며 한쪽 눈을 질끈 감아보였다. 중문이 시키는 대로 하라는 뜻이었다. 아라는 다관에 새로 물을 부어 끓여서 맛이 가장 잘 나는 온도로 차를 만들어 내놓았다. 맛을 본 중문은 내심 감탄했다. 아라의 차 맛이 염화사 주지승의 차 맛에 못지않아서였다.

바로 그때 노래를 부르는 듯한 소리가 들렸다.

"아라야, 아라야!"

나백근이 춤을 추는 듯한 몸짓을 하며 다가왔다. 그러고는 평상 너머에 있는 아라에게 목을 빼며 누런 이를 드러내 놓고 웃었다.

"내 각시야, 잘 있었어?"

아라는 얼굴이 화끈거려 어찌할 바를 몰라 하다가 버럭 소리를 질렀다.

"누가 네 각시야. 어서 썩 꺼지지 못해!"

"왜 그래? 오늘따라 더 예뻐 보인다, 내 각시. 헤헤."

"이게 정말?"

중문은 가만히 찻잔을 내려놓았다. 뚜칠이가 중문과 아라를 번갈아 보고는 나백근에게 다가섰다.

"이보오, 아라님이 싫어하잖소."

"어라? 이건 또 뭐야?"

"어허, 우리 도련님 계시는 자리이니 말을 가려서 하오."

나백근은 중문을 바라보았다. 한눈에 봐도 여간 지체가 높아 보이는 차림이 아니었다.

"이, 이래뵈도 나, 나는 이 고을 공수정 어른의 자제라오."

뚜칠이가 웃었다.

"공수정? 허헛, 시골에서는 한낱 아전 나부랭이도 벼슬이라더니."

"뭐야? 이 종놈이 제 상전을 믿고 씨부리는 것 좀 보게?"

"뭐? 제 상전?"

"예가 어디라고 은근슬쩍 굴러 들어와서는 행세야, 행세가."

"구, 굴러들어와?"

뚜칠이는 참지 못하고 나백근의 멱살을 잡아 비틀었다. 나백근은 숨이 컥컥 막히는 소리를 냈다.

"내 이놈을 그냥!"

뚜칠이가 다리를 걸어 내동댕이치려 하자 중문이 말렸다.

"그만 놓아주거라."

"예, 도련님. 이놈 오늘 아주 운수대통한 줄 알거라."

뚜칠이는 나백근의 멱살을 들어 올린 채 몇 걸음 가더니 뒤로 밀어버렸다. 나백근은 엉덩방아를 찧으며 한 바퀴 나뒹굴었다. 일어난 나백근은 한 손으로는 제 엉덩이를 어루만지고 또 한 손으로는 멱살을 만졌다.

"어디 두고 보자. 크게 후회할 날이 있을 것이니. 카악, 퉷!"

"아라님 어서 오시어요."

사미니가 반갑게 맞이했다. 아라도 공손히 합장을 했다.

"지난번에 주신 오얏을 아주 잘 먹었어요."

"오얏이라니요?"

영문을 몰라 하는 아라에게 사미니는 웃어보였다.

"수묵당(垂默堂)에 들어계신 도령께서 아라님이 주신 것이라고 하던데요?"

"그게 무슨 말씀인지?"

"기억이 안 나시나 보군요. 도령께서 장에 갔다가 아라님께 연잎차랑 오얏을 사 가지고 오셨었는데?"

"그러면 그 도련님께서 예 계신단 말씀이어요?"

"그럼요."

"저는 까맣게 몰랐네요."

아라는 법당으로 들어가 가지고 온 연잎차를 부처님께 공양하고 절을 올렸다. 밖으로 나와 주지실로 갔다. 주지승은 그윽히 인자한 얼굴로 절을 하는 아라를 바라보았다. 아라는 자리에 앉았다. 주지승 앞 차탁에 햇연잎차가 놓여 있었다.

"우리 절에 머물고 있는 도령께서 장터에 가서 사 온 것이란다. 아라 네가 판 것이 맞지?"

"예에."

"귀한 인연이구나."

"그 도련님은 어인 까닭으로 여기 머물고 계시나요?"

"왕경에서 고향에 다니러 오셨다더구나. 우리 염화사에 들러서는 한동안 쉬어가겠다고 하시길래 수묵당을 내어드렸지. 도령께서 선친을 여읜 슬픔을 떨쳐내지 못하고 계시는 것이 안타깝기만 하구나."

"그랬군요."

아라는 잠시 뒤 입을 열었다.

"저는 이만 가보겠습니다."

"점심 공양이라도 하고 가지 않고?"

"산성에 올라가봐야 해서요."

"오냐. 조심히 다니거라."

"예, 스님."

아라는 절을 나서다가 산책을 하고 돌아오는 중문과 마주쳤다.

아라가 허리를 굽힌 채 비켜서자 뚜칠이가 말을 걸었다.

"어, 아라님을 여기서 또 보네요?"

"예에."

"절에는 어인 일로?"

"그, 그냥요."

아라는 떠듬거리며 대답을 하고는 황급히 자리를 떴다. 뚜칠이가 빙그레 웃으며 한 마디 했다.

"혹시 도련님을 찾아온 게 아닐깝쇼?"

중문이 나무랐다.

"이놈이 거 무슨 헛소리냐? 아마도 불공을 드릴 일이 있어서 들른 것이겠지."

뚜칠이는 고개를 갸우뚱했다.

"거참. 옷깃만 스쳐도 인연이라고 했는데, 세 차례나 우연히 만나다니. 도련님, 아무래도 저 처자와 도련님은 예사 인연이 아닌 듯하옵니다. 혹시 전생에 두 분이 아주 가까웠던 사이는 아니었을깝쇼?"

"보자보자 하니 이놈이 갈수록? 어디서 희한한 문자투를 주워듣고서는."

제 4 장

반달못 풍경

뚜칠이는 무쇠 화로에 숯불을 피워 옹관(甕罐)을 올려놓았다. 중문은 차탁 위에 다구를 가지런히 펼쳐 놓고 옹기 다관에 든 물이 끓기를 기다렸다. 그러면서 이따금 반달못에 눈길을 주었다.

"도련님, 오늘도 아라님이 안 보이는뎁쇼?"

"이놈아, 너는 어찌 만날 그 낭자 타령이냐?"

"그게 그러니까…… 헤헤."

언제까지 주지 스님에게 폐를 끼치며 차를 얻어 마시겠느냐며 다구 한 벌을 장만해 오라는 말을 듣고 뚜칠이는 그저 그런 뜻이려니 했다. 그런데 중문은 다구와 차탁을 짊어지게 하고 반월정으로 가자는 것이었다. 그제야 뚜칠이는 중문의 깊은 속을 읽었다. 산책과 끽다(喫茶)를 구실 삼아 아라를 보고자 한다는 것을.

어쨌든 다행이었다. 하루 종일 절간에 있어봤자 심기만 더 무거워지고 상심이 깊어갈 것만 같았는데 매일같이 반월정에 나와 차를 마시는 것을 일과로 삼은 것은 천만 잘한 일이었다. 뚜칠이는 중문이 아라를 만난 뒤부터 얼굴이 다소나마 밝아지고 말수도 는 것을 확연히 느낄 수 있었다.

"찻물이 다 끓었사옵니다."

중문은 연잎차를 탔다. 뚜칠이에게도 한 잔 주고는 한 모금 맛을 보았다. 주지승이 타던 맛과 아라가 장터에서 타 준 것과는 맛이 조금 다른 듯했다. 같은 물에 같은 차를 탔는데 맛이 다른 까닭을 알 길이 없었다.

"무릇 모든 음식은 손맛에 달려있다고 하더니, 차도 그런가보구나."

"소인의 입에는 맛좋기만 한데요?"

중문이 떨떠름한 표정을 지은 데 비해 뚜칠이는 홀짝홀짝 잘도 마셔대었다. 중문의 눈길이 다시 반달못으로 갔다. 멀리서 연잎이 흔들리고 있었다. 중문은 저도 모르게 고개를 빼면서 눈을 크게 떴다. 뚜칠이가 얼른 그쪽을 바라보았다.

"도련님, 아라님입니다요!"

중문은 못에 연꽃이 하도 무성히 피어 있고 연잎도 온통 우거져 있어서 그것들에 가려서 안 보인 탓이려니 했다. 쥘부채를 펴 가볍게 부치기 시작했다. 눈으로는 아라를 물끄러미 바라보면서 말은 딴 데를 보고 있는 것처럼 하는 것이었다.

"나중에 연들이 다 지고나면 이곳이 참 황량하겠구나."

"그때가 되면 아라님도 여기에 오지 않겠지요?"

"그게 나랑 무슨 상관이냐?"

"상관은 아니더라도……."

"이놈이 자꾸 쓸데없는 소리를 지껄이는 걸 보니 저 낭자한테 마음이 있는 게로구나."

"소인이 어찌 감히……. 도련님이시라면 모를까."

끝말에 힘을 빼는 뚜칠이에게 중문은 눈을 부라렸다.

"뭐라고?"

"아, 아닙니다요. 이 주둥아리에서 그만 헛말이 나왔사옵니다."

아라는 채광주리를 이고 둑길을 걸어오고 있었다. 중문의 부채질이 조금 빨라졌다. 뚜칠이는 두 손을 정자 난간 위에 얹고 아라를 보았다.

"도련님, 아라님이 이쪽으로 오고 있는뎁쇼?"

아라는 멀리서 반월정에 사람들이 앉아 있는 것을 보았다. 하지만 달리 돌아갈 길은 없었다. 정자가 가까워질수록 아라는 고개를 더 숙여 땅을 보고 걸었다. 둑길을 따라 온 아라가 반월정 뒤로 막 지나갈 때였다.

"아라님!"

뚜칠이가 불러 세웠다. 멈추어 선 아라는 잠깐 고개를 들었다가 내렸다.

"우리 도련님께서 차 맛이 다르다고 하오."

아라는 다시 눈을 들었다. 중문은 딴 곳을 바라보며 부채질만 하고 있었고 뚜칠이가 눈을 찡긋하며 손짓으로 오라고 했다. 아라는 무시한 채 그냥 지나쳐 가려고 했다. 중문이 입을 열었다.

"장터에서 먹었던 맛이 나지 않는데, 어인 비법이라도 있으면 좀 가르쳐 주겠소?"

뚜칠이가 엄포 아닌 엄포를 덧붙였다.

"장에서 맛보기로 타 준 것과 판 차가 다른 것 아니오?"

아라는 그 말만은 가만히 듣고 지나칠 수 없었다.

"다 똑같은 차이어요."

"그러면 이리 올라와 맛 좀 보오. 같은지 다른지."

아라는 채광주리를 둑길에 내려두고 반월정에 올랐다. 중문은 부채질을 멈추었다. 화로와 다구를 살펴본 아라는 자신감 있는 말투를 냈다.

"처음부터 숯불을 너무 세게 피웠고, 차도 너무 많이 넣었으니까 맛이 다를 수밖에요."

뚜칠이는 목소리를 한껏 누그러뜨렸다.

"그러면 숯불은 어떻게 피워야 하고, 차는 얼마나 넣어야 하는지 좀 가르쳐 주지요?"

아라는 무쇠 화로를 당겼다. 그러고는 부젓가락으로 숯을 반이나 덜어낸 뒤 뚜칠이에게 불을 붙이게 했다. 옹관을 얹어 약한 불로 물을 끓이다가 숯을 더 넣어 센 불로 끓였다. 그러고는 옹관을 내려 얼마간 식도록 두었다.

그동안 다병(茶瓶) 안에 든 것을 비워버리고는 찻숟가락으로 새 차를 덜어 숯불 위에서 지긋이 더운 김을 쐰 다음 다병 안에 넣었다. 그러기를 몇 차례 한 뒤에 비로소 옹관에 손을 대어 알맞게 식었는지 확인하더니 그 물을 다병 안에 가득 붓고 뚜껑을 닫았다. 그러고는 그 위로도 옹관의 물을 부어 다병 배뚜리로 흠뻑 흘러내리도록 했다.

잠시 후 다병의 배뚜리에 묻은 물이 거의 다 마를 무렵 아라는 찻잔에 따라 중문과 뚜칠이에게 내밀었다. 맛을 본 중문의 낯이 밝아졌다.

"이제야 제대로 맛이 나오."

뚜칠이도 몸을 돌려 마셔보더니 감탄 너스레를 떨었다.

"햐, 우리 도련님이 타주신 것보다 맛이 더 좋네 그려."

그러면서 남은 찻잔을 아라 앞에 놓고는 한잔 부었다.

"아라님도 한잔 맛보오."

"저는 되었어요."

"앞으로는 좀 전에 아라님이 탄 대로만 하면 이런 맛을 얻을 수 있겠지요?"

"그럴 것이어요."

말없이 앉아있던 중문이 입을 열었다.

"이런 연잎차를 닷 근만 만들어줄 수 있겠소?"

뜻밖의 말에 아라는 놀란 눈을 했다.

"그 많은 것을 어디다 쓰시려고?"

"어머니와 친지들에게 보낼까 하오."

뚜칠이가 달아내었다.

"왕경 사람들 입맛이 여간하지 않아서 각별히 정성을 들여야 하지요."

"알겠어요."

중문이 말했다.

"차를 다 만들면 고이 싸서 예 반월정으로 가져다주오."

"언제 갖다 드리면 되어요?"

이번에는 뚜칠이의 대답이었다.

"매일같이 여기 와서 차를 마시니까 아무 때나 차가 다 만들어지는 대로 가져다주면 되지요."

집으로 돌아온 아라는 왠지 모를 신바람이 일어 연잎을 썰어서 덖기 시작했다. 닷 근이면 적어도 멥벼 두 되 값은 너끈히 받을 것이었다. 지난날 장터에서 한 근이 조금 넘을까 하는 차 세 묶음을 사면서 베 반 필을 끊어 내놓은 손 큰 씀씀이를 생각하면 온전한 베 한 필을 줄지도 모를 일이었다.

"그렇다고 주시는 대로 다 받아서는 안 돼."

아라는 몇 날 며칠 연잎차를 만드는 일에 매달렸다. 연꽃잎을 펴 반 근씩 정성들여 싸고는 겉은 연잎을 감아 실로 잘 묶었다. 작은 고리짝에 연잎을 깔아 차 묶음을 켜켜이 넣고 뚜껑을 닫아 보자기로 쌌다. 양을 넉넉히 잡아 열 묶음을 만들었는데도 차가 조금 남았다. 아라는 그것마저 챙겨서 채광주리에 담았다.

"도련님이 오늘도 정자에 나와 계시려나 몰라. 아니 나와 계시면 염화사에 맡겨 놓으면 되지, 뭐."

아라는 머리를 풀어 새로 빗고 옷도 깨끗이 차려입고는 집을 나와 반월정으로 향했다.

"그래도 직접 만나서 드리는 게 옳은데."

둑길을 가면서 멀리 반월정을 바라보았다. 두 사람의 모습이 어른거리는 것 같았다. 아라는 갑자기 가슴이 두근거렸다. 그러면서도 걸음은 빨라졌다.

"어서 오오."

아라는 채광주리를 내려 보자기로 싼 고리짝을 중문에게 내놓았다. 뚜칠이가 풀어보려는 것을 중문이 말렸다.

"낭자가 어련히 알아서 쌌겠느냐. 그대로 보내도록 하거라."

"예, 도련님. 그렇게 합지요."

"여러 날 고생한 낭자에게 차 값을 넉넉히 쳐드려라."

뚜칠이는 쇄은 닷 돈이 든 비단주머니를 내놓았다. 주머니도 귀하기 짝이 없는 것이려니와 안에 든 것을 확인한 아라는 숨이 다 멎는 듯하여 얼른 바닥에 내려놓고 가만히 밀쳤다.

"너무 많사옵니다. 이만한 값을 받을 수는 없사옵니다."

"그만한 값어치는 충분히 되니 어서 집어넣으오."

"정이 그러시다면 반만 주시어요."

"낭자처럼 욕심 없는 사람은 처음 보오."

"맞습니다, 도련님. 왕경 사람들은 너나없이 많이 가지려고 안달인데 말씀입죠."

"장사치들이 터무니없이 많이 받으려는 것은 나쁜 일이지만, 턱없이 싼값을 매기는 것도 썩 좋은 일은 못 되느니라. 하지만 반만 받아야 낭자의 마음이 편하다면 어쩔 수 없는 일이다. 조금 덜어내고 주머니를 드리거라."

뚜칠이는 비단주머니를 열어 쇄은을 한 돈쯤 덜어내는 둥 마는 둥 하고는 아구리를 죄어 꽉 매어 묶고는 아라에게 건넸다. 아라는 은 조각들을 그다지 덜어내는 것 같지도 않았지만 당장 다시 풀어보기가 쉽지 않아보였다.

"어서 집어넣지요."

아라는 헤헤거리는 뚜칠이를 한차례 쳐다보고는 하는 수 없이 그대로 받아서 품속에 넣었다. 아라는 채광주리를 제 곁으로 당겼다.

"참, 만들고 남은 차를 가져왔어요. 맛이라도 조금 보시라고."

중문은 아라가 익숙한 솜씨로 탄 차를 음미하고는 뚜칠이를 보며 말했다.

"이건 맛이 또 다른데?"

"어디, 소인도 한 번……."

뚜칠이는 입속에서 혀도 굴려보고 입술도 핥으며 쩝쩝 소리를 내며 입맛을 다셨다. 아라가 나지막한 목소리를 냈다.

"차 맛은 철마다 다르고 달마다 달라져요."

"어찌하여 그렇소?"

"연잎의 낯이 달라지기 때문이어요. 오월에는 연잎이 아주 여리고 부드러워서 상큼한 맛이 나고요, 유월의 연잎은 물기를 많이 머금고 있어서 향기가 옅고 순한 맛이 난답니다. 또 칠월에는 뿌리의 기운이 다 꽃으로 몰려가지만 햇볕을 많이 받아서 더운 맛이 나고요, 팔월이 되면 연꽃이 다 떨어진 뒤라서 향기가 많이 밴 센 맛이 나지요."

"그러면 어느 때의 연잎차를 최상등품으로 치오?"

"단연코 팔월 가을이지요. 잎이 막 시들어 갈 무렵에 따서 차를 만드는데 그때가 되면 연잎에 푸른빛, 누런빛, 흙빛이 다 감돌아서 가장 깊고 좋은 맛을 낸답니다."

"그러면 앞으로는 달마다 맛이 다른 차를 닷 근씩 만들어 주오."

"도련님께서 원하신다면 그렇게 하겠어요."

"또 오늘처럼 그때그때마다 만든 차를 맛보여 주겠소?"

"그거야 어렵지 않는 일이어요."

중문의 낯빛이 활짝 펴졌다.

"고맙소. 벌써부터 몹시 기대가 되는구려."

복두를 쓴 사내가 산문 안으로 들어와 중문을 찾았다. 사미니는 그를 수묵당으로 안내했다. 사내는 지고 온 것을 내려놓고 중문에게 절을 했다. 그러고는 짐을 앞으로 당겨 끌렀다. 큰 짐짝 안에서 작은 보갑(寶匣)를 꺼내 또 끄르더니 그 안에 든 서찰을 중문에게 올렸다.

"마님께서 몸소 적어주신 것이옵니다."

중문은 펼쳐 읽었다. 학업을 오랫동안 놓고 있으면 안 되니 다른 마음 지어먹지 말고 올여름을 나고 나면 가을에는 꼭 돌아오라는 절절한 당부에 이어 보내준 연잎차 맛이 썩 훌륭하여 친지와 지인들도 구했으면 한다는 내용이었다.

중문은 서찰을 접고 보갑을 바라보았다. 쇄은이 가득 들어있었다.

"웬걸 이리도 많이 보내셨더냐?"

"쓸 데가 있으면 아끼지 말고 넉넉히 쓰라고 하셨사옵니다."

큰 짐짝에는 질 좋은 종이와 오색 염포(染布)가 차곡차곡 쌓여 있었다. 염포는 여느 베보다 값이 더 나가는 것이었다. 중문은 아라에게 할 말이 생겨 속으로 기분이 좋았다. 사내를 돌려보낸 중문은 곧바로 뚜칠이를 앞장세워 반달못으로 갔다.

아라가 못 속에서 연잎을 따고 있었다. 뚜칠이가 둑길에 서서 소리치며 손을 흔들어 보였다. 아라도 잠깐 손을 들어 화답했다. 그러고는 반월정을 가리켰다.

"도련님더러 정자에 가 있으라는 뜻인가 봅니다요."

연잎을 다 딴 아라가 반월정으로 왔다. 중문이 입을 열었다.

"어머니께서 전에 보낸 차 맛이 참 좋다는 전갈을 보내오셨소."

"탓하실까 걱정을 많이 했었는데 다행이어요."

"주위에 계신 분들도 맛을 보고는 앞다투어 구해 달란다고 하오. 이제부터는 좀 많이 만들어야겠소. 참, 이참에 나도 연잎차를 만들어 보고 싶소. 차를 만들려면 어떤 것들을 장만해야 하오?"

"도련님 같은 분이 하실 일이 아니어요."

"아니오. 그렇지 않소. 왕경에 있을 때 사대부가 집에 못을 파고 연을 키워 직접 차를 만들어 마시는 것을 보았소. 내친김에 낭자와 함께 저 반달못에 들어가 연잎이랑 연꽃도 내가 직접 따고 싶구려."

뚜칠이가 펄쩍 뛰었다.

"도련님, 그것만은 아니 될 말씀이지요. 저 못에 거머리 같은 것들이 얼마나 많을지 모르는데."

"시끄럽다. 너는 나서지 말거라."

"이치의 말이 옳아요. 못 속에 거머리가 여간 아니어요."

"거머리 따위를 겁낼 내가 아니오. 낭자도 들어가는데 나라고 못 들어가겠소?"

아라는 잠깐 뜸을 들인 뒤에 입을 열었다.

"옷을 그렇게 입으셔서는 못 속을 다니시기에 아주 불편하실 것이어요. 거치적거리는 것이 워낙 많아서."

"그러면 뭘 입어야 하오?"

"농군들이 논에서 일할 적에 입는 잠방이를 입어야 해요."

"그렇게 하겠소. 뚜칠이 너는 속히 그 옷을 마련해 놓거라."

"아라님도 참. 우리 도련님을 말리지 않고 도대체 어쩌시려고 그러는지."

아라는 아라대로 생각하는 것이 있었다. 말려서 그만둘 도령이 아닐 것 같았다. 못 속에 들어가 겪어본 뒤라야 다시는 들어가겠다는 말을 하지 않을 성싶었다.

"언제 또 연잎을 따러 오오?"

"사흘 뒤에 또 따러 오니까 연잎을 몸소 따고 싶으시다면 그날 새벽 일찍 여기로 오시어요."

중문은 뚜칠이가 몇 벌 사 온 잠방이를 열두 번도 더 입어보았다 벗었다 했다. 사흘을 기다리는 것이 예삿일이 아니었다. 여느 때 같으면 하루의 반나절은 참선으로 보내던 중문은 자리에 앉아 있는 것 자체가 내내 고역이었다. 눈앞에 아라가 자꾸 어른거렸고, 그럴 때면 굳이 떨쳐내고 싶지도 않았다.

"다녀오겠습니다."

연잎을 따러 간다는 말에 주지승은 말없이 빙그레 웃었다. 걸음은 구름 위를 걷는 것만 같았다.

"도련님, 천천히 좀 가시지요."

"어서 따라 오너라. 우리가 먼저 가 있어야지 낭자를 기다리게 할 수는 없지 않느냐."

반월정에는 이미 아라가 와 중문을 기다리고 있었다.

"우리가 늦었구려."

"때맞춰 잘 오시었어요."

"여기서 옷을 갈아입어야 하오?"

"아니어요. 예서는 못 들어가요. 이 정자 근처가 못에서 가장 깊은 곳이라 두 길도 훨씬 넘어요. 못 속에 들어가시더라도 이곳 가까이로 오시면 안 되니 꼭 명심하시어요."

"알겠소."

중문은 아라를 따라갔다. 아라는 늘 못으로 드나들던 둑길에 이르러 채광주리를 내려놓았다.

"옷을 갈아입으시어요."

중문과 뚜칠이는 아라의 등을 맞대고 돌아서서 옷을 벗었다. 아라는 여느 때와는 달리 겉옷을 허리에 칭칭 감아 맨살이 드러난 허벅지를 가리고 돌아섰다. 잘 갖춰 입은 도령의 차림새만 대하다가 어설픈 농군의 꼴을 한 중문을 본 아라는 웃음이 났다.

"그렇게 어색하오?"

"아니어요. 처음 뵙는 모습이라……."

아라는 얼굴에 띤 웃음기를 거두고 중문에게 다가가 허벅다리에 놋쇠방울을 달아주었다.

"거머리가 안 달라붙게 해줄 것이어요."

"못에는 어떤 것들이 살고 있소?"

"미꾸라지, 무자치, 거머리 같은 것들이 있는데 무자치는 독이 없는 것이 살지만 거머리는 아주 조심해야 해요. 여러 놈에게 아주 오랫동안 피를 많이 빨리면 어지럼증이 생겨서 실신할 수도 있답니다. 물속에 있다 보면 거머리들이 빨고 떨어져 나간 자리에서 피가 멎지 않고 계속 나는 것을 모르는 경우가 많고요."

중문의 낯에 긴장감이 서렸다.

"이걸 달면 한 마리도 달라붙지 않소?"

"많이 붙지는 않지만 몇 마리쯤은 각오하셔야 할 거예요."

중문은 아무 방비도 없이 서 있는 뚜칠이에게 말했다.

"너는 들어오지 말거라."

"도련님도 참. 소인이 거머리 같은 것을 무서워할 것 같사옵니까요."

중문과 뚜칠이는 아라를 따라 천천히 못으로 들어갔다. 못 바닥의 진흙을 밟고 걸음을 옮기기가 여간 어렵지 않았다. 자꾸만 미끄러지려고 하는 탓이었다. 아라는 무릎 위 허벅지가 잠길 만한 곳까지 가서 멈추었다.

"여기서부터 연잎을 따시면 되어요. 한줄기에서 많이 따지 마시고 골고루 따셔야 해요."

"알겠소."

아라는 연잎을 따 나갔다. 이따금 연꽃도 한 송이씩 따 채광주리에 담았다. 중문은 연잎 따기에는 별 무관심이었고 아라에게서 눈길을 떼지 않았다. 연잎과 연꽃에 온정신이 팔려있는 아라는 싱싱한 아름다움을 물씬 자아내고 있었다.

뚜칠이는 한쪽 다리씩 번갈아 물 밖으로 들어내어 자꾸만 달라붙는 거머리를 떼느라 여념이 없었다.

"웬 거머리가 이리도 많담. 에잇, 고약한 놈들!"

중문은 희한하게 생긴 연꽃을 한 송이 발견했다. 다른 홍련들에 비해 색깔이 많이 달랐다. 중문이 꽃대를 가리키며 묻자 아라가 고개를 돌려 보고는 가르쳐주었다.

"자홍련이어요. 귀한 것을 찾아내시었네요."

"그러면 이것을 따도 되오?"

"그러면요. 연꽃 중에서도 향기가 가장 좋은 꽃이어요."

중문이 걸음은 내디디지 않고 선 자리에서 손만 뻗어 자홍련을 따려다가 몸이 기우뚱하면서 중심을 잃고 옆으로 자빠졌다. 철퍼덕 물소리가 났다.

"도련님!"

뒤에서 따라오던 뚜칠이가 얼른 다가가려다가 저도 앞으로 처박히고 말았다.

"어머나? 도련님!"

아라가 다가들어 중문을 일으켜 세웠다. 중문은 아라의 손을 잡고 일어나면서 묘한 향기를 맡았다. 몸이 아늑해지고 정신이 몽롱해지는 것만 같은 향기였다. 그것이 곧 아라의 살냄새일 것이라는 짐작이 일자 금세 낯이 붉어졌다.

"괜찮으시어요? 어디 다치지는 않으셨어요?"

"푹신한 꽃밭에 넘어졌는데 다칠 게 뭐 있겠소."

아라는 흙물이 튀어 광대 같은 얼굴이 된 중문을 보고는 싱긋 웃었다. 중문은 제 두 볼을 한차례 쓸어보더니 흙 묻은 손을 장난삼아 아라의 얼굴에 얼른 문질러버렸다.

"어맛!"

놀란 아라가 고개를 젖혀 피하려다가 뒤로 넘어지고 말았다.

"하하하."

중문이 크게 웃고 나서 손을 내밀어 아라를 일으켰다.

"그렇게 아니 봤는데 참 짓궂은 분이셔."

두 사람이 서로 희락하는 광경을 지켜본 뚜칠이는 문득 큰 걱정이 일었다.

"왕경에 계신 마님이 아시면 과연 어떻게 나오실지, 참."

아라를 만난 뒤부터 중문의 근심이 점차 사라지고 있는 것은 크게 반길 일이지만, 두 사람이 남녀로 정분을 느끼며 더한층 가까워진다면 그로 말미암아 장차 일어날 일이 자못 염려스러웠다.

"에라, 나중 일은 나도 모르겠네. 도련님이 웃으시는 모습을 보니 당장은 좋기만 한걸."

반월정으로 와서 보니 중문의 종아리 살갗이 벗겨져 피가 나고 있었다. 물속에 넘어질 때 긁힌 상처였다. 오금에는 피를 잔뜩 빨아

통통해진 거머리도 한 마리 붙어 있다. 아라는 살살 떼어냈다.

"이 지경이 되도록 모르시었어요?"

"따끔거리는 것 같더니 이내 간지러움만 느꼈었소"

"따끔할 때는 거머리가 살을 무는 것이고, 간지러운 건 피를 빨기 때문에 그런 것이어요. 잠깐만 기다리셔요."

정자 아래로 내려간 아라는 돌멩이를 주워 왔다. 그것으로 연잎과 연꽃을 짓이긴 뒤에 상처가 난 자리에 붙여주었다. 이내 피가 멎었다.

"자홍련을 못 딴 게 못내 아쉽군."

"아마도 도련님의 꽃이 될 인연이 아니었나 봐요"

"만약 그 꽃을 땄다면 차를 만들 수 있었겠소?"

"그런 꽃이면 한 송이에 일고여덟 잔은 넉넉히 나올 것이어요"

"연꽃으로도 차를 만들 수 있는데 왜 잎사귀로만 만드오?"

"연꽃차를 만들려면 꽃을 많이 따야 하기 때문이어요. 예쁘게 피어있는 꽃을 마구 따면 저 반달못이 아주 보기 흉하게 될 게 아니겠어요?"

"하긴 그렇겠구려."

중문은 반달못에 둔 눈길을 거두어 나부시 앉아있는 아라의 자태를 바라보았다.

"아까 보았던 그 자홍련보다 아라 낭자의 마음씨가 더 아름답소"

아라는 엷은 미소를 입가에 띄우며 눈을 아래로 내렸다. 돌아앉은 뚜칠이는 저 혼자 아픈 시늉을 내며 중문이 바르고 남은 것들을 거머리에 물린 자리마다 꼭꼭 눌러 붙이면서 구시렁거렸다.

"나 같은 건 사람도 아니지. 암, 아니고말고. 방울도 차지 못한 신세로 이렇게 많이 물려서 두 다리에 온통 핏자국투성이가 되었건만 어느 뉘도 눈길 한 번 주지 않네. 아이고, 서러운 내 신세야."

중문과 아라는 뚜칠이의 엄살에 웃었다. 중문은 한술 더 떴다.

"그러길래 아까 처음부터 들어오지 말라고 하지 않더냐?"

"도련님께서 들어가시는데 이 종놈이 무슨 배짱으로 구경만 하고 있을 수 있겠사옵니까요. 말이 되는 말씀을 하셔야지요."

"하하, 딴엔 그렇기도 하구나."

아라와 더불어 반달못에서 꼬박 하루를 보내고 해거름에 염화사로 돌아온 중문은 뚜칠이가 가져온 젖은 수건으로 몸을 닦고 이내 몸을 뉘었다. 모처럼 온종일 노닌 탓으로 천근보다 무거운 노곤함이 찾아들었다.

이튿날 아침, 중문은 자리에서 일어나지 못했다. 감기 몸살이 들고 말았다. 온몸에 고열이 올랐고 연신 기침을 해댔다. 목이 부어 석쉰 목소리까지 냈다. 주지승이 사미니에게 갈근탕을 들게 하고 수묵당에 들어 중문의 용태를 살펴보더니 뚜칠이에게 당부했다.

"아무래도 네가 약방에 좀 다녀와야겠구나."

뚜칠이는 날래게 달렸다. 읍성 동문 밖 약방으로 뚫어치듯 문을 열어젖히고 들어갔다. 중문의 증상을 들은 의원은 별일 아니라는 듯이 무심한 어조로 말했다.

"고뿔에는 약이 없느니라."

"그래도 빨리 쾌차하시도록 무엇이라도 지어만 주지요? 왕경에서 내려오신 지체 높은 가문의 도련님이라오. 약도 못 쓰고 자리보전하고 계신다는 걸 행여 집안에서 아시면……."

"신열이 나고, 기침을 하고, 목이 붓고, 콧물이 쏟아진다고 하였느냐?"

"예, 바, 바로 그렇지요. 의원 어른."

의원은 패독산을 네 첩 지어주었다.

"뜨끈히 불을 지핀 아랫목에서 땀을 푹 내고 잘 잡수셔야 하느니라."

"어떤 걸 올리면 되지요?"

"살코기를 먹어야 원기를 북돋우고 보정이 되느니라. 삼을 넣고 약병아리를 한 마리 고아 잡수시게 한다면 더욱 좋고."

약방을 나오고 보니 마침 장날이었다. 뚜칠이는 가는 새끼로 묶은 약첩을 보듬어 안고 터벅 걸음을 놓으며 아라한테로 갔다.

"어인 일이어요?"

중문의 모습은 보이지 않고, 뚜칠이가 약첩을 안고 있는 것을 본 아라는 심상치 않은 느낌이 들었다.

"설마 도련님께서 병환을?"

뚜칠이는 힘없이 고개를 끄덕였다.

"어제까지 멀쩡하시다가 오늘 아침부터는 몸져누워 계시지요. 못에 들어가시는 게 아니었는데."

"어떻게 편찮으시단 말이어요?"

"심한 감기 몸살을 앓고 계시는데, 의원이 하는 말이 삼을 넣은 약병아리를 고아 올리라지 않아요. 한데, 어떻게 절 공양간에 약병아리를 고아달라고 하느냔 말이지요."

"그럼 어쩌면 좋아요?"

"그걸 알면 아라님을 찾아오지도 않았지요."

뚜칠이는 난감한 표정을 지어 보이고는 고개를 푹 숙인 채 돌아갔다.

"심한 고뿔을 앓고 계시다니 참 큰일이네."

아라는 중문이 걱정되어 넋을 놓곤 하다가 일찌감치 난전을 접고는 약방에 들렀다.

"삼을 한 뿌리 달라고? 그러면 그간 부책에 적어온 것을 다 제해야 하는데?"

"하는 수 없죠, 뭐."

"어디다 쓰려고 그래? 아까는 웬 종놈이 와서 제 상전이 고뿔이 걸렸네 어쩝네 하길래 삼을 넣고 약병아리를 푹 고아 먹이라고 해주었는데 아라 네가 맡아서 해먹이려는 건가 보지?"

"그건 모르셔도 되니까 어서 주기나 하시어요."

삼을 받아 집으로 돌아온 아라는 채광주리를 내려놓고 대산댁을 찾아갔다.

"오늘은 일찍 돌아왔네? 그새 차를 다 팔았어?"

"저어, 아주머니 혹시 약병아리 한 마리 구할 수 있겠어요?"

"약병아리? 그건 어디다 쓰려고? 양부가 아프기라도 해?"

"아니 그런 건 아니고 쓸데가 있어서 그래요."

"약병아리가 따로 있나 뭐. 아라가 키우는 닭 중에도 덜 자란 놈 있잖아. 그걸로 쓰면 되지."

"그래요?"

아라는 부리나케 돌아와 닭들을 살펴보았다. 토실토실 살이 오른 영계 한 마리가 눈에 띄었다. 쫓아다니다가 겨우 붙들고는 다시 대산댁네로 갔다.

"이것 좀 잡아주시어요."

"아라가 아직 닭 잡는 건 못 배웠나보네?"

대산댁은 담 밑으로 가더니 한 손으로는 닭의 두 날개 밑에 손을 넣어 단단히 움켜 쥔 채 다른 손으로는 닭의 모가지를 비틀어 단번에 숨줄을 끊어 아라에게 돌려주었다. 아라는 눈을 찌푸리며 받아들고는 돌아왔다.

물을 펄펄 끓여 닭을 담그고는 손이 데일세라 호호 불어가며 털을 뽑아나갔다. 얼마나 정성을 기울였는지 한 낱 솜털조차 몸통에 남아 있지 않았다.

도마에 놓고 칼로 내리쳐 대가리와 발을 잘라냈다. 닭 가슴을 가르고는 내장을 꺼냈다. 몸통을 옆으로 쫙 벌려 깨끗이 씻어서 쌀, 대추, 밤, 은행, 삼을 넣고 실로 칭칭 동여맸다. 솥에 물을 붓고 닭을 넣었다. 불을 지피고 물이 졸자 다시 조금 더 붓기를 세 차례나 하며 폭 고았다.

"국물이 잘 우러난 것 같아."

아라는 고을에서 심부름을 도맡아 시키는 아이를 찾았다.

"염화사에 좀 다녀오렴. 게 가면 수묵당이라는 곳에 뚜칠이라는 종이 있을 것인데, 다구를 챙겨서 도련님 모시고 반달못 정자로 좀 와 주십사 전해다오."

"그렇게만 전하면 되어요?"

"응. 자, 이건 심부름 값이다."

아라는 사동에게 엿 두 가락을 주었다. 아이는 나는 듯이 달려 나갔다. 아라는 집으로 다시 돌아와 고아 둔 약병아리를 큰 뚝배기에 옮겨 담아 보자기에 싸서 채광주리에 잘 놓고, 수저와 반찬 몇 가지도 담았다. 또 대가리, 발, 내장, 모이집을 한데 넣은 옹솥까지 놓고서야 힘겹게 들어 올려 머리에 이었다.

"혹시 일어나 앉지도 못하시는 분을 괜히 나오시라고 한 건 아닌가 몰라."

반달못에 이르러 달려오는 사동을 만났다.

"잘 전했어요. 반월정인가 하는 곳으로 바로 나오신다고 하셨어요."

"그래? 고생했다. 조심해서 가렴."

아라가 반월정에 올라 채광주리를 내려놓았다. 그다지 멀지 않은 둑길로 중문이 뚜칠이의 부축을 받아 천천히 오고 있었다. 아라는 민망한 얼굴이 되었다. 모든 것이 저 때문이라는 자책감이 들어서 였다.

뚜칠이가 중문을 앉히고는 아라에게 물었다.

"왜 여기로 오라고 했지요?"

아라는 뚜칠이가 내려놓은 화로에 숯불을 세게 피워 뚝배기를 올려놓았다. 그다지 식지 않은 터라 이내 끓어 넘칠 듯했다. 아라는 뚝배기를 차탁 위에 놓고 반찬도 가지런히 올렸다.

"아, 그러면 그렇지. 약병아리를 고아 오시었구나."

"입맛이 없으시겠지만, 조금이라도 잡수어보시어요."

"조금이 아니라 다 잡수셔야 하지요"

중문은 숟가락을 들었다. 먹고 토하는 한이 있더라도 맛나게 떠먹는 모습을 보여주고 싶었다. 아라는 젓가락으로 뼈를 하나하나 발라주었다. 중문이 잘 먹는 모습을 보고 아라는 흐뭇해졌다.

잊고 있었다는 듯이 아라는 얼른 옹솥을 화로에 올려 안에 든 것들을 삶았다. 아라가 옹솥을 화로에서 내려 내밀자 뚜껑을 열어 김 냄새를 두루 맡아본 뚜칠이는 신이 나서 안에 든 것들을 얼른 맨손으로 집어 들고 뜯어먹기 시작했다.

"내 몫도 다 가져왔다니, 헤헤."

둑길 밑에 숨어서 그 광경을 처음부터 빠짐없이 지켜보는 눈이 있었다.

'저년이 미쳤군. 아주 제 낭군 모시듯 하네 그려! 약병아리까지 고아다가 병구완을 해?'

나백근은 눈이 까뒤집어질 지경이었다.

'앞으로 두 번 다시 저런 꼴을 봐야 할 바에는 차라리 연놈을 다 죽여 버리고 말겠어!'

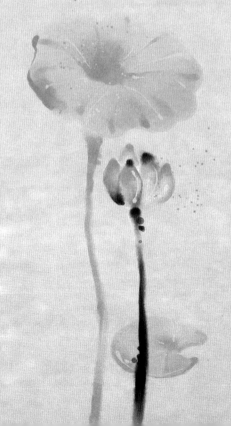

제 5 장

썩지 않는 씨앗

"아버지!"

나백근은 공수정을 졸졸 따라다니며 투정을 부렸다. 뒷짐을 진 채 돌아선 공수정이 가는 눈을 뜨고 혀를 찼다.

"쯧쯧, 못난 놈 같으니라고! 그 나이에 하찮은 계집 하나도 어찌하지 못하고 아비한테 매달린단 말이냐?"

"조금만 도와달란 말이어요. 그다음은 제가 알아서 할 터이니."

"그래 뭘 어찌 도와달란 말이냐?"

"아라하고 가깝게 지내는 그놈만 좀 떼어놓아 주시어요."

"아서라. 나도 다 알아보았다. 도령은 왕경의 지체 높은 가문의 자식이라 나도 어쩔 수 없다. 우리 고을 현령님보다 더 높은 신분인데 난들 뭘 어찌하겠느냐?"

"정녕 아무 방도가 없다는 말씀이어요?"

"그래, 이놈아! 도령이 나타나기 전에 아라한테 잘 보이지 그동안 대체 뭘 하고 싸돌아다니고서는 이제 와서 우는 소리를 내느냐."

"찾아보면 방도가 전혀 없지만은 않을 것 아니어요? 아라를 그놈한테 빼앗기고 나면 아버지도 얼굴을 들고 다니기 창피하지 않겠느냔 말이어요. 며느리로 삼겠다고 온 고을에 떠벌리고 다니셨잖아요."

나백근의 말이 옳았다. 아라를 며느리로 받아들이지 못하게 되면 고을 사람들에게 큰 웃음거리가 될 것이었다. 결국 향리는 향리일 뿐 더 이상 아무것도 아니라고 여길 것이 자명했다.

"알았다, 이놈아. 나도 좋은 수를 찾아볼 터이니 행여 도령에게 무슨 짓을 벌일 생각은 말거라. 자칫 잘못하다가는 멸족의 화를 입는 수가 있다."

"그건 염려 놓으시어요. 죽여도 세상 아무도 모르게 죽여 버릴 테니까."

"뭐라고?"

"하여간 끝내 수가 틀리면 그 방법밖에 없으니 아버지도 제 말을 잘 새겨두시어요."

"저, 저놈이?"

공수정은 슬그머니 염려가 되었다. 어릴 적부터 아라에게 마음을 두고 있었던 놈이라 상심이 크긴 크겠지만, 아비 앞에서 도령을 죽여 버리겠다는 말까지 입에 담는 것을 보면 조만간 무슨 짓을 벌일지 모를 일이었다.

"자네 있는가?"

양부는 퇴문을 열었다. 공수정이 마당에 서 있었다. 양부는 얼른 밖으로 나왔다.

"아라는 어디 갔나?"

"못에 갔을 것이옵니다. 한데 공수정 어른께서 제 집에는 어인 일로?"

"좀 들어가도 되겠는가?"

방에 들어 양부와 마주 보고 앉은 공수정은 말을 바로 꺼냈다.

"다름이 아니고, 나는 우리 백근이와 아라를 명년 봄에 서로 짝 지어주면 어떨까 하는데 자네 의중은 어떤가? 더 미룰 일도 아니고 해서 오늘 이렇게 찾아왔다네."

"그런 일이면 아라가 돌아오는 대로 물어보겠사옵니다."

"허어, 이 사람. 그런 일을 왜 아이들에게 물어보려고 하는가? 우리 어른들이 결정하면 그만인 게지."

"아무리 그래도 당사자의 속은 떠봐야 하지 않겠사옵니까? 백근이와 아라가 서로 모르는 사이도 아니니 아마도 물어보나 마나이긴 할 것이옵니다만."

"그게 그렇지 않다네."

"그렇지 않다니오?"

"아라가 왕경에서 내려왔다는 도령과 친하게 지내는 모양인데 다른 처자가 그러면 혼담에 흠이 될 것이 아닌가?"

"그게 어인 말씀이옵니까?"

"자넨 아직도 캄캄한가 보이? 아라가 그 도령과 못에서 연잎도 같이 따고, 심지어 귀한 삼을 넣은 약병아리를 고아다가 가져가서 먹인 적도 있다네."

"예에? 삼을 넣은 약병아리를요? 설마하니?"

"내가 없는 말을 왜 지어내겠는가? 아무튼 고을에서 아라에 관한 소문이 좋지 않게 나돌고 있어서 심히 안타깝기만 하네."

"아라가 돌아오면 따끔히 알아듣게 애기를 해서 단속을 잘하겠사옵니다. 저는 그런 일이 있는 줄은 꿈에도 몰랐사옵니다."

"이제라도 알았으니 되었네. 하고, 명년 봄에 관아 태평루를 고쳐 지을 것이라네. 여간 큰 공사가 아닐 듯싶으이. 그래서 하는 말인데 이제 자네도 도편수의 그늘에서 벗어나야지 언제까지나 그의 놉꾼으로 있을 수 없지 않겠는가?"

양부는 귀가 솔깃했다. 공수정이 무슨 말을 하고 있는지 충분히 짐작이 되었다. 나백근과 아라의 혼사만 성사된다면 하등 문제될 게 없을 것이었다. 공수정을 등에 업기만 한다면 태평루를 고쳐 짓는 일 말고도 여타 고을 안에서 못할 일이 없지 않은가 말이다.

"저를 그렇게까지 생각해주시니 몸 둘 바를 모르겠사옵니다. 우, 우리 아라에 관한 일은 제가 다 알아서 할 터이니 공수정 어른께서는 아무 심려하지 마소서."

"알겠네. 그럼 자네만 믿고 가네. 또 보세."

집으로 돌아온 공수정은 나백근을 불러 앉혔다.

"아라의 양부와는 얘기가 잘되었다. 이제부터는 네가 아라의 환심을 사는 일만 남았다는 말이다."

"그러면 제가 앞으로 어찌해야 해요?"

"계집이란 그저 손에 쥐어주는 패물 같은 것에 사족을 못 쓰는 것들이다. 그것에 착안해서 알아서 해보거라."

공수정은 큼지막한 궤짝을 열어 장기판의 사졸만 한 은알을 세 알 내놓았다.

"만약 이걸로 아라를 도모하는 데 쓰지 않고, 좀놈들과 어울려 다니며 술을 퍼마시거나 노름판을 기웃거린다면 다시는 도와주지 않을 것이니 명심하거라."

"암요. 명심하고말고요. 고, 고맙사옵니다, 아버지."

나백근은 무엇이 좋을까 망설였다.

"어디 가서 물어보긴 물어봐야겠는데……."

안채로 갔다. 어미는 바느질을 하고 있었다. 나백근이 퉁명스럽게 물었다.

"어머니, 계집아이들이 좋아하는 것이 뭐이어요?"

"어떤 것 말이냐?"

"아라한테 뭘 좀 선물하고 싶은데 뭐가 좋을지 모르겠어요."

어미는 일손을 놓았다.

"녀석하고는. 언젠가 현령 부인 마님이 잔치를 베풀어 주신다길래 내아에 들어갔다가 마님이 허리춤에 차 늘어뜨리고 있는 것을 본 기억이 나네.”

“그게 무엇이었어요?”

“백옥 노리개였지 아마.”

“방물장수가 오면 좀 사 놓으시어요.”

“어림없는 소리. 도적을 만나서 빼앗길까봐 방물장수도 그런 값비싼 건 못 가지고 다닌단다. 대처 큰 장에 가야 그런 걸 구경할 수 있을걸?”

“대처라면 진주 말씀이어요?”

“그렇지. 그런데 진주에도 그렇게 귀한 게 있으려나 모르겠다.”

나백근은 아라의 마음을 얻을 수 있다면 대처 아니라 지옥까지도 다녀오고 싶은 심정이었다.

“그러면 진주에 좀 다녀올게요.”

“지금?”

“예, 얼른 갔다 오겠어요.”

“길이 얼마인데 얼른 다녀오겠다는 게냐?”

“제가 뭐 어린아이인 줄 아시어요?”

“에미 것도 사오련?”

“어머니는 아버지한테 사 달라고 하시어요.”

“기껏 키워놨더니 한다는 소리하고는. 아무짝에도 쓸모없는 녀석 같으니.”

먼 길을 다녀온 나백근은 제 집에는 들르지 않고 곧장 아라의 집을 찾아갔다. 손에는 백옥 노리개 한 쌍과 꽃신을 들고 있었다. 마음이 들떴다. 노리개는 허리춤 양쪽에 차면 보기 좋을 것 같았다. 꽃신은 혼인날 때 신으라고 말해주리라 다짐했다.

집 앞에 이르러 나백근은 목소리를 낮춰 아라를 불렀다. 아라는 부엌에서 양부의 저녁 장만을 하다가 나왔다.

"무슨 일이야?"

"이거 받아."

"뭔데 그래?"

"너한테 주는 선물이야. 현령 부인 마님처럼 높은 분이 차는 백옥 노리개랑 꽃신이야. 꽃신은 나중에 나와 혼인할 때……."

"필요 없어."

아라는 받은 것을 도로 나백근의 가슴에 안겼다.

"왜? 이런 게 싫어?"

"싫어. 너도 싫고."

"뭐야?"

"그만 돌아가 봐. 앞으로는 이런 쓸데없는 짓 하지 마. 그래봤자 아무 소용이 없으니까."

아라로부터 문전박대를 당한 나백근은 몹시 빈정이 상했다.

"전에는 나한테 안 이랬잖아?"

"뭘 안 그랬어? 내가 싫다는데도 한사코 네가 자꾸 치근댔지."

"그 도령 놈이 그렇게 좋아?"

"놈이라니? 말조심해! 너 같은 것 하고는 아주 다른 분이시니까."

심한 모욕감을 느낀 나백근은 백옥 노리개와 꽃신을 싸릿담에 냅다 던져버렸다. 그러고는 싸늘한 목소리로 한마디 쏘았다.

"아라 너, 언젠가는 뼈아프게 후회할 날이 올 거야. 두고 봐."

"두고 보라면 못 볼 줄 알고 두 번 다시 찾아오지나 마."

나백근은 식은 얼굴을 한 채 아라를 뚫어지게 쳐다보더니 발길을 돌렸다.

"저거 주워서 가지고 가!"

나백근은 뒤도 돌아보지 않았다. 눈에서 눈물이 핑 돌았다. 다리에 힘이 하나도 없었다. 가고 오는 이백 리 길을 오직 아라를 향한 일념으로 다녀온 다리였다. 나백근은 털썩 길에 주저앉았다. 그러고는 두 팔로 무릎을 감싸 안은 채 고개를 묻고 서럽게 흐느끼기 시작했다.

"아라, 이년!"

잔뜩 취해 집으로 돌아온 양부는 몽둥이를 찾아들었다. 아라는 방문을 걸어 잠그고 나가지 않았다. 문고리를 꼭 쥐고는 양부가 제풀에 지쳐 방으로 들어가 곯아떨어지기만 바랐다.

"이년, 어디 있어! 방에 있어?"

양부는 문짝을 흔들었다. 아라는 있는 힘을 다해 문고리를 잡은 손을 놓지 않았다.

"이년이? 어서 문 안 열어?"

"……."

아라가 아무 말이 없자 양부는 몽둥이로 문짝을 쾅쾅 갈겨댔다. 그러다 지쳐 몽둥이질을 멈추고는 씩씩거렸다.

"너 이년, 공수정 어른의 아들을 왜 그렇게 매몰차게 대하는 거야, 엉! 백근이한테 시집가지 않겠다면 내 손에 맞아죽을 줄 알아!"

참고 있던 아라가 더는 입을 다물고 있지 못하고 새청을 냈다.

"그래요! 죽으면 죽었지 나백근이한테는 시집가지 않을 것이어요!"

"오냐, 이년아! 그렇다면 오늘 한번 죽어봐라."

양부는 다시 몽둥이로 문짝을 내리치기 시작했다. 문살이 다 부서져 나가고 문짝도 덜컹거렸다. 양부는 또 멈추었다.

"이 못된 년아, 왕경에서 왔다는 도령 놈이 그렇게 대단한 놈이라더냐? 언제부턴가 밥과 반찬이 달라졌다 했더니 그놈한테 몸이라도 팔았느냐? 암, 그렇지 않고서야 네년이 그놈한테 미쳐 있을 리가 없지."

"도련님 얘기는 하지 마시어요!"

"이 나쁜 년, 아비의 앞길을 막아도 유분수지. 어서 썩 나오지 못해!"

마침내 양부의 몽둥이질에 문짝이 부서져 나갔다. 아라는 얼른 밖으로 나와 도망치려고 했다. 양부는 바로 뒤따라 와 몽둥이로 아라의 어깨를 내리쳤다. 머리를 비껴가 빗맞은 것이었다. 쓰러진 아라는 엉금엉금 기었다.

"아, 아주머니! 아저씨!"

양부는 정신없이 아라를 두들겨 팼다. 달려온 대산댁과 이레우가 그 광경을 보았다. 이레우가 재빨리 양부에게 달려들어 몽둥이를 빼앗고는 주먹으로 턱을 갈겨 내쳤다. 양부는 정신을 잃고 쓰러져 일어나지 못했다.

"이놈이 이젠 아주 타작마당을 벌이는구나. 에잇, 천벌을 받을 놈!"

대산댁이 아라를 일으켰다. 아라는 실신할 지경에 이르러 몸을 제대로 가누지 못했다. 이레우가 등을 내주었다.

"어서 업히오."

"둘을 따로 살게 하든지 해야지 더는 이런 불쌍한 꼴을 못 보겠어요."

"아라가 깨어나거든 얘기하기로 하고 어서 가오."

혼절해 버린 아라는 고개와 팔을 축 늘어뜨린 채 이레우에게 업혀 나갔다.

반달못 너머 절벽으로도 한창 단풍이 물들고 있었다. 바람은 서늘했고 물은 차가워졌다.

"올해는 오늘이 마지막으로 연잎을 따는 날이어요."

아라의 뜻밖의 말에 중문은 연잎을 따던 손을 멈추었다.

"그러면 앞으로는 이 반달못에 안 온다는 말이오?"

"안 오긴요. 다음부터는 연밥도 따야 하고, 연근도 캐야 해요."

"휴우, 난 또 낭자가 명년 봄까지 안 올까봐 놀랐잖소."

아라는 웃음을 머금었다. 흰 연꽃 꽃술 속에 노란 연실이 올라와 꽃잎에 둘러싸여 있다가 날이 차지자 잎이 진 자리에 홀로 남은 연밥들이 적지 않았다. 아라는 그중에서 고개를 숙인 것만 골라 연밥을 따 나갔다.

아라를 본 중문도 따라 했다. 일찍이 색이 바랜 연밥대는 줄기가 꺾여 못 속에 씨앗을 떨구고 있었다. 아라는 자홍련을 한 송이 발견하고는 씨앗을 받았다.

"도련님, 연의 씨앗은 썩지 않는답니다."

"세상에 썩지 않는 게 어디 있소?"

"다른 건 몰라도 이 연의 씨앗만은 안 썩어요. 마른 땅 흙 속에 하염없이 묻혀 있다가 천년만년이 지난 뒤라도 물이 들면 언제고 다시 싹을 틔우고 꽃을 피워낸다고 하여요."

"그게 정말이오?"

"그럼요."

"거참, 신통한 일도 다 있군."

"그래서 부처님도 연꽃을 좋아하시나 봐요."

"부처님이 좋아하시다니요?"

"거 왜 부처님이 연꽃을 들고 웃기만 하셨다는 애기가 있잖아요"

"아, 그 애기 말이오. 하하하. 부처님이 웃으신 게 아니라, 부처님이 제자들에게 연꽃을 들어 보이니까 여러 제자 중에서 가섭이라는 제자만 부처님의 말 없는 가르침을 알고 미소를 지었다는 애기라오."

"아마 부처님도 따라 웃으셨을 것이어요"

"하하, 그렇겠구려."

"한데, 그 가르침이란 게 뭐였어요?"

"이심전심이랄까, 그러니까 말을 굳이 하지 않아도 서로의 마음을 잘 아는 것, 이를테면 낭자와 나 사이같이 말이오."

"……."

"연밥을 다 딴 뒤, 겨울이 오면 연뿌리를 캘 것이어요."

"그때도 같이 캐도록 하겠소"

"연근을 캐는 게 가장 험한 일이어요"

"염려 마오. 이제 나도 반달못 일꾼이 다 되지 않았소?"

일을 끝내고 반월정으로 갔다. 이제는 정자에 앉아 쉬기도 바람이 차가웠다. 아라가 차를 냈다. 그전까지 마시던 것과는 색깔과 향이 많이 달랐다.

"전에 도련님께서 따시려고 했던 그 자홍련을 어렵게 다시 찾아내서 따 두었어요. 그걸 말려서 만든 연꽃차이어요."

아라는 연잎에 싼 다식도 같이 내어 놓았다. 수수떡이었다.

"모든 것이 연잎에서 시작해서 연잎으로 끝나는구려."

"연잎에 음식을 싸면 쉽게 상하지 않아요. 한여름에는 특히나 더 그렇고요."

중문은 수수떡을 맛있어 했다. 왠지 뚜칠이의 낯이 어두운 것을 본 중문이 물었다.

"무슨 일 있느냐? 내내 아무 말도 없으니?"

"아무것도 아니옵니다. 두 분 사이가 참 보기 좋아서 소인은 더 바랄 것이 없사옵니다요."

가을이 다 가도록 중문은 왕경으로 돌아갈 생각을 하지 않았다. 뚜칠이의 염려는 바로 거기서 비롯되었다. 입신양명을 하여 다시 가문을 일으켜 세우기를 바라는 정부인 강 씨의 뜻을 저버리고 행여 시골에 눌러 앉아 아라와 더불어 한낱 촌부로 살 생각을 하는 건 아닌가 해서였다. 머잖아 또 사람을 보내어 돌아오기를 종용할 것인데 그때는 중문이 어떻게 나올지 여간 걱정이 되는 게 아니었다.

'정이 더 들어서는 안 되는데······.'

날은 초겨울을 반달못에 끌어다 놓았다. 중문은 아라와 함께 연근을 캤다. 무척 고된 일이었다. 진흙 속에 깊이 뿌리를 내리고 있는 연근을 한 자루씩 파내어 낫으로 찍은 다음 꺾어내는 동안 발과 손이 시려 얼얼했다. 서너 자루를 캔 뒤에는 못 밖으로 나와 손발을 녹여야 했다. 그런데도 중문은 마냥 즐거워했다.

"이제 그만 쉬셔요."

"아직 해가 중천에 있는데 더 해야 하지 않소?"

"힘이 많이 드는 일이라서 하루 반나절씩만 해야 되어요."

중문과 아라가 반월정으로 가 화로에 불을 지펴 몸을 녹이는 동안 뚜칠이는 캔 연근을 다 지게에 지고 아라의 집으로 날라다 주러 갔다.

"또 못 보던 차를 가지고 왔소?"

"연 씨앗을 잘라보면 안에 파릇한 순이 있는데, 그것만 골라 따서 덖은 연자차이어요."

"연자로 만든 차라? 품이 아주 많이 들었겠소?"

"연에서 얻는 차 중에서는 값을 가장 비싸게 받는 것이어요."

"과연 연은 아무 것도 버릴 게 없구려. 낭자처럼 말이오."

"차 맛을 보시어요."

중문은 음미했다. 몸속에서 싹을 틔워 연꽃이 피어나는 것 같았다.

"내가 낭자 덕분에 연으로 만든 차는 다 맛을 보게 되는구려."

"그게 어디 제 덕택인가요? 다 저 반달못 덕택이어요."

"그러고 보니, 못에서 연 일을 하는 사람은 낭자뿐인데 어인 곡절이라도 있소?"

"제가 반달못의 연을 다 맡고 있어요. 그 대가로 해마다 가을걷이가 끝날 무렵에 관아에 맵벼 서 말을 조세로 바쳐야 해요."

"그만큼이나 많이?"

"어쩔 수 없는 일이어요, 그나마 반달못이라도 맡고 있는 게 다행인걸요."

"그러면 조세는 수월히 감당할 만하오?"

"여름철과 가을철에는 연잎차를, 겨울철과 봄철에 연근을 내다파는데 그동안은 빠듯했어요. 하지만 올해는 도련님이 차를 많이 사주셔서 큰 걱정을 덜게 되었답니다."

"그렇다면 다행이오. 내 저 반달못의 연잎을 다 따서 차를 만들어 파는 그날이 오도록 해주겠소. 꼭 약속하리다."

아라는 어이가 없어 빙그레 웃으며 말했다.

"그런 터무니없는 약속이 어디 있어요?"

뚜칠이가 돌아와 지게를 벗었다. 중문은 물었다.

"낭자의 집에는 아무도 없더냐?"

"예, 도련님."

"어디다 두었어요?"

"밤에 서리를 맞으면 안 될 것 같아서 부엌 바닥에 부려놓았지요."

"그러면 안 되는데. 연근은 아궁이 불김을 쐬면 상한단 말이어요. 오늘은 이만 일어나야겠어요."

중문은 뚜칠이를 나무라는 눈으로 쳐다보았다. 뚜칠이는 잘못한 것이 없다는 듯 먼 산만 멀뚱히 바라보고 있었다.

"그놈 참."

집으로 돌아온 아라는 연근을 다 닭장 위에 올려두고 거적으로 덮어두었다.

"이젠 안심이야."

아라는 서둘러 연근 조림을 만들기 시작했다. 갓 캤을 때 만드는 것이 맛이 제일 좋아서였다. 연근의 껍질을 얇게 깎아내고는 토막 내어 식초에 담가 두었다. 한 시진이 지나 연근을 꺼내 놓고는 물을 끓였다. 끓는 물에 소금을 먼저 알맞게 넣은 뒤에 연근을 데쳐내어 찬물에 담갔다.

건져낸 연근을 솥에 다시 넣고 간장과 조청을 넣어 양념이 골고루 배도록 잘 섞어가며 졸였다. 거의 다 졸인 뒤에는 참기름을 조금 넣어 잠깐 더 졸이면서 참깨를 솔솔 뿌려 섞었다.

"이제 다 되었어."

이튿날 이것저것 집안일을 끝낸 아라는 오후에 들어서야 채광주리를 이고 집을 나섰다. 염화사에 이르자 공양주 사미니가 연근 조림을 가져온 것을 알고는 퍽 좋아했다.

"올해는 더 먹음직스럽게 만드셨네요."

"제가 어디 스님 솜씨만 하겠어요?"

"아니어요. 주지 스님도 아라님이 만든 연근 조림에만 젓가락을 대시는 걸요."

저녁 예불을 마친 뒤 주지승은 중문과 아라를 불러다가 한 상에 둘러앉아 공양을 했다.

"간이 참 잘 되었구나. 온 김에 공양주한테 비법을 좀 가르쳐 주고 가련?"

"주지 스님도, 참."

중문은 연근 조림을 입에 넣고 씹었다. 아삭아삭한 것이 단맛과 고소한 맛이 어우러져 맛이 썩 좋았다. 저녁공양을 물린 뒤에는 차를 들었다. 주지승이 중문과 아라를 번갈아 보았다.

"두 사람이 좋은 인연을 맺으면 좋으련만."

중문이 의아히 여겼다.

"낭자와 제가 좋은 인연이 안 될 것 같다는 말씀입니까?"

"글쎄요. 세상일이 어찌 내 뜻대로만 되겠어요?"

"부처님께서 저희에게 가피를 내리시도록 주지 스님께서 좀 빌어 주십시오."

"부처님 가피는 받을 만큼 받으셨으니 앞으로는 아마도 왕경에 계신 마님의 가피를 바라야 하겠지요."

중문은 그 뜻을 이내 알아차렸다. 어머니가 아라를 털끝만큼도 용납하지 않을 것이라는 예견을 하고 있는 것이었다.

"좋은 방법이 없겠습니까?"

"도령께서 마음 먹기에 달린 일이 아니겠습니까."

주지실을 나오자 날이 어두워져 있었다. 중문은 초롱을 든 뚜칠이를 앞세워 아라를 바래다주러 산문 밖으로 나왔다.

"저 혼자 갈 수 있으니 날도 차가운데 이만 들어가시어요."

"아니오. 못까지만 같이 가겠소."

어느덧 반월정에 이르렀다. 아라도 듣는 귀가 있었다. 중문과 한
평생 같이 보냈으면 좋겠다는 생각을 해보지 않은 것은 아니지만,
언감생심 그의 안자리가 되겠다는 마음은 한 번도 먹어본 적이 없
었다. 하지만 주지승의 말을 듣고 보니 중문의 아내 자리에 대한 생
각이 저절로 떠오르는 것이었다.

'안 될 말이야. 나 같은 것이 어찌 감히……. 왕경에 데려가 주시
기만 한다면, 가까이 두시기만 한다면 종년이 되어도 좋아.'

중문의 목소리가 들렸다.

"어찌 그리 입을 꾹 다물고만 있소?"

"별달리 드릴 말씀이 없어서……."

"좀 더 걸읍시다. 여기 서 있으니 답답하구려."

두 사람은 나란히 둑길을 걸었다. 한참 만에 아라가 입을 열었다.

"도련님은 언제 왕경으로 돌아가시어요?"

"그건 왜 묻소?"

"그냥 궁금해서요."

중문은 바로 대답하지 않았다.

"한 가지 더 여쭈어 보아도 되나요?"

"그렇게 하오."

"도련님의 아버님은 어떤 분이셨어요?"

중문은 두어 숨을 돌린 뒤에 말했다.

"나에 관해 무슨 얘기를 들었구려?"

"전에 잠깐 주지 스님한테서 들었어요. 심기를 불편하시게 했다면 죄송해요."

"아니오, 그런 건. 아버님은 우리 고려국 제일의 장군이셨소. 임금님께 옥으로 만든 관대와 갓끈까지 하사 받으셨을 만큼 말이오."

"무척 그리우시겠어요."

"그리움보다는 부하 장수들에게 살해당하신 것에 화가 치밀어 왕경에서는 도저히 견딜 수가 없었소."

중문은 짤막하게 덧붙였다.

"여기로 와서 낭자를 만나기 전까지는."

"……."

이번에는 중문이 물었다.

"양부를 모시고 있다는 말이 있던데, 그렇소?"

"예. 제가 어릴 적에 아버지가 전염병으로 돌아가셔서 어머니가 개가를 하셨는데, 그만 어머니마저 몹쓸 병에 걸려 돌아가신 뒤로 양아버지와 쭉 같이 살고 있어요."

"전에 장터에서 만났던 우리 또래의 사내는 뉘오?"

"아, 나백근이라고, 공수정 어른의 아들이어요."

"낭자와 그자가 어떤 사이인가 물어보아도 되겠소?"

"아무 사이도 아니어요"

"그자는 낭자를 마음에 두고 있는 것 같던데?"

"그놈 혼자 그러는 것이어요"

"어디가 어떻길래 그자를 싫어하오?"

"제 아비 덕에 사는 녀석일 뿐이어요 저 혼자 힘으로 할 수 있는 게 아무 것도 없어서, 그래서 싫어요"

"그렇게 본다면 나도 그자와 다를 바 없소"

"도련님은 그렇지 않아요"

"왜 나를 그자와 달리 생각하오?"

"도련님은 마음만 추스르시면 어떤 큰일이라도 할 수 있는 분 같으셔요"

"좋게 보면 모든 것이 좋게 보이는 법이라오"

아라가 아무런 말이 없자 중문은 하늘을 보며 입김을 풋풋이 날렸다.

"달이 참 좋구려."

"달구경 하기로는 여기보다 더 멋진 곳이 있어요"

"그러오? 그곳이 어디이오?"

"나중에 때를 보아서 모시고 가 드릴게요"

제 6 장

아라에게 생긴 일들

산천의 모든 빛깔을 거두어들였던 겨울이 다시 조금씩 토해내고 있었다. 푸른 보랏빛을 스친 바람이 온 땅을 돌아다니며 초목을 깨웠다. 봄은 저절로 오는 것이 아니라 기실 농부의 손끝에서 터져 나오는 것이었다. 봄은 그렇게 오고 있었다. 눈을 내민 새싹들은 서로를 마주보며 긴 겨우살이의 안부를 전했다.

반달못에서는 봄 연근 캐는 일이 한창이었다. 농군이 다 된 중문은 아라에 못지않은 일손을 놀렸다. 글만 읽던 손바닥에 굳은살이 박힌 지는 오래였다. 몸도 몰라보게 튼튼해졌다. 뚜칠이는 그게 못마땅하면서도 한편으로는 대견스럽게 여겼다. 백성 아무나 지니지 못한 신분으로서 백성 누구나 하는 일을 한다는 것, 그것만으로도 중문의 인품이 한 마당쯤은 더 넓고 커졌으리라는 믿음이었다.

"휴우, 이젠 그만 해도 되겠어요 오늘도 많이 캤어요"

중문은 허리를 폈다. 힘줄이 돋아난 팔뚝을 들어 땀이 송골송골

115

맺힌 이마를 훔쳤다. 아라가 품에서 수건을 꺼내 건넸다. 중문은 웃는 낯으로 받았다. 그러고는 스스럼없이 다가가 아라의 낯을 먼저 닦아주었다. 아라는 부끄러웠지만 싫지 않았다.

"이리 주시어요."

아라는 수건을 받아들고 중문의 얼굴을 콕콕 찍듯이 땀을 닦아주었다. 땀을 다 닦아주었는데도 중문은 눈을 감고 그대로 한참 더 서 있다가 눈을 떴다.

"좀 더 오래 닦아주지 않고"

"이제 나가요."

아라는 중문의 손을 잡고 못 밖으로 나왔다.

"오늘이 장날이라 곧바로 장터에 가야겠어요."

"뚜칠아, 지게에 지고 우리도 같이 가자꾸나."

"아니어요. 혼자 가겠어요. 여러 사람이 흉볼지도 몰라요."

"하하, 그동안 우리를 흉볼 사람은 볼 만큼 보지 않았소?"

하지만 아라는 끝내 중문을 만류해 둔 채 연근을 가득 담은 채광주리를 이고 홀로 반달못을 떠났다.

"뚜칠아, 너 조만간 진주 큰 장에 가서 낭자가 입을 비단옷 좀 사오너라. 다가올 초파일에 한 벌 선물하고 싶구나."

"알겠사옵니다, 도련님. 아라님도 비단옷을 입으면 도련님처럼 아주 잘 어울릴 것이옵니다요."

집에 들른 아라는 연근 조림을 챙겨서 장터로 향했다.

"봄 연근 사 가시어요!"

"연근 조림 좀 맛보고 가시어요!"

난전을 펼쳐놓은 아라는 연근 조림을 젓가락으로 집어 들고 길가는 사람들을 불러 입에 넣어주면서 평상에 쌓아놓은 연근 자랑에 여념이 없었다. 뒷짐을 진 채 한 사람이 다가섰다.

"장사는 잘되느냐?"

"어서 오시어요. 공수정 어른."

"내가 너를 찾아온 것은 다름이 아니라, 허험. 올해부터는 반달못을 다른 사람에게 맡기려고 하느니라."

"예에? 그게 어인 말씀이시어요?"

"헛험. 그만큼 봐주어서 몇 해 동안 잘 벌어먹었으면 이제는 다른 사람에게도 기회가 돌아가야 하지 않겠느냐? 내 말이 틀렸느냐?"

아라는 평상을 돌아 나와 한껏 거드름을 피우는 공수정 앞에 허리를 굽히고 섰다.

"그래서는 아니 되옵니다, 공수정 어른."

"왜 아니 된다는 게냐? 반달못에서 네 팔자를 고칠 일이라도 있느냐?"

"그게 아니오라……."

"여러 말 할 것 없다. 그리 알거라. 어허험."

"공수정 어른! 공수정 어른!"

아라가 몇 걸음 쫓아가 불렀지만 공수정은 거들떠보지도 않고 가버렸다. 갑자기 나타나 그런 말을 하는 영문을 모른 것도 잠시였다. 아라는 나백근 때문이라는 것을 깨달았다. 치근대다가 뜻대로 되지 않으니까 제 아비의 힘을 빈 것으로밖에 생각되지 않았다.

'이 녀석을 만나기만 하면 그냥.'

따로 만날 것도 없었다. 나백근이 제 발로 나타났다. 아라는 버럭 소리를 질렀다.

"백근이 너, 다시는 내 앞에 얼씬거리지 말라고 했는데 왜 왔어?"

"사람들 많은데 소리는 지르고 그래?"

"너, 무슨 말을 했길래 공수정 어른이 반달못을 다른 사람한테 맡기겠다고 하시는 거야?"

"우리 아버지가 그랬어? 그러면 내가 아버지한테 잘 말해 줄게. 너도 알다시피 고을에서 우리 아버지한테 얘기하면 안 되는 일이 없잖아."

"나한테 병 주고 약 주는 거야, 지금?"

"어쨌든 반달못이 다른 사람 차지가 안 되게 하면 되잖아?"

"다 필요 없어!"

"성질머리하고는. 우리 아라가 내 도움 없이 언제까지 버틸 수 있을까?"

나백근이 빈정대자 아라는 연근을 하나 집어 들고 때리려는 시늉을 했다. 나백근은 한 걸음 뒤로 피하며 웃었다.

"그러니까 생각을 좀 하고 살아야지. 내 힘이 필요하면 언제든지 찾아와. 알았지?"

"네 녀석 도움을 받느니 차라리 굶어죽고 말겠어. 썩 안 꺼져?"

두 부자가 차례로 나타나 속을 뒤집어 놓자 아라는 장사할 마음이 싹 사라져버렸다. 하지만 힘들게 먼 길을 이고 와 고스란히 남다시피 한 연근을 다시 그대로 가지고 돌아갈 수는 없었다. 아라는 목청을 높였다.

"연근 사시어요!"

파장 무렵에 남은 세 뿌리를 떨이로 팔고나서야 아라는 난전을 접었다.

"아저씨, 안녕히 계시어요"

아라는 옹기전 주인에게 인사를 하고 집으로 향했다. 공수정의 말이 귓전을 떠나지 않았다. 연근을 가득 담았을 때보다 훨씬 가벼워진 채광주리에 마치 천근 돌덩어리라도 든 양 발걸음은 무겁기만 했다.

"이제 오느냐?"

양부는 맨 정신으로 아라를 맞이했다. 아라는 안심이 되었다. 양부가 집에 들어오기만 하면 다시 나가서 술을 마시는 일은 없기 때문이었다. 저녁을 물린 양부가 아라의 눈치를 보면서 타일렀다.

"듣자니, 요새 사이가 안 좋다던데 그러지 말고 백근이와 잘 좀 지내려무나."

"무슨 말 들으시었어요?"

"공수정 어른이 그러더구나. 저간에 너와 백근이 사이가 좋지 않은 것 같다고 곧 관아 태평루를 고쳐 지을 것인데 그 공사를 내가 맡아서 하게 될지도 모르겠다."

"저랑 백근이가 어떻게 지내든 그게 태평루 공사를 하시는 것과 무슨 상관이란 말씀이어요?"

"그게 그렇지 않다. 공수정 어른한테 잘 보여야 공사도 할 수 있을 것 아니냐?"

"그러니까 공수정 어른이 일거리를 빌미 삼아 저를 어찌 해 보시려는가 본데 백근이 그 녀석이랑은 꿈도 꾸지 말라고 하시어요"

"얘가 갑자기 왜 이러냐? 어디 그뿐만이 아니다. 올해부터는 반달못도 다른 사람에게 넘기겠다고 하니 어쩌면 좋으냐?"

"그런 일은 절대 없을 것이어요."

"얘가 점점? 우리가 무슨 힘이 있다고 그러느냐? 제발 고집 좀 부리지 말거라."

"글쎄 제가 다 알아서 할 테니 아무 걱정 마시고 약주나 좀 끊으시어요. 정 못 끊으시겠다면 드시더라도 정신 놓을 때까지는 드시지 마시어요. 제발 부탁이어요. 예?"

"알았다. 노력해 보마. 그러니 너도 백근이를 좀 잘 대해 주거라. 말이 나왔으니 말이지 공수정 어른이 우리 두 식구의 생계를 한손에 틀어쥐고 있지 않느냐."

아침 일찍 집을 나선 아라는 관아 질청으로 찾아갔다. 호장을 만나 반달못을 다른 사람에게 넘기겠다는 공수정의 말을 전하며 그러지 않게 해 달라고 애원해 보았지만 호장은 귓등으로 듣기만 하는 것이었다.

"그건 공수정의 일이니 내가 어찌하라는 말을 할 수는 없구나."

"어떻게 공수정 어른만의 일이겠사옵니까? 호장 어른께서 이 질청에서 가장 높으신 분이 아니옵니까?"

"그렇긴 하다만, 서로 일이 나누어져 있으니 내가 이래라저래라 관여를 할 수는 없단다. 한데, 듣자니 그 아들과 요사이 사이가 좀 안 좋다지?"

아라는 그 말을 듣고 호장도 공수정 편이라는 걸 어렴풋이 깨달았다. 질청을 나온 아라는 현령 부인에게 말을 해볼까 하다가 일을 크게 만드는 것 같아 차마 내아로 발길을 놓지 못하고 말았다.

"어떻게 한담."

아라는 저도 모르게 반달못으로 향했다. 반월정에 올랐다. 못 가득 연들이 꽃을 틔울 채비를 하고 있었다. 연잎 사이로 겨울잠에서 깨어난 개구리들이 뛰고 있었다. 하지만 아라에게는 설레야 할 봄이 봄 같지 않았다.

"오늘은 언제쯤 오실까?"

해가 중천에 올랐어도 중문은 오지 않았다.

"오서도 벌써 오셨어야 할 때가 지났는데……."

아라는 걱정이 되기 시작했다.

"무슨 일이 생긴 걸까?"

생각이 꼬리를 물었다.

"혹시 왕경으로 돌아가신 것은 아닐까? 아니야. 아무 말씀도 없이 돌아가실 리는 없어."

차츰 마음이 불안해지기 시작했다.

"그래도 왕경에 계신다는 어머니가 우격다짐으로 모셔 가버릴 수도 있는 일이 아닐까?"

아라는 고개를 저었다.

"아니, 아닐 거야."

아라는 고개를 들어 염화사 쪽을 쳐다보았다.

"절에 가볼까?"

딱히 다른 볼일도 없이 중문만 보러 절에 간다는 것도 눈치가 보일 듯했다.

"내일 다시 와보지 뭐."

아라는 저물 때가 되어서야 정자에서 내려와 차마 떨어지지 않는 발걸음을 옮겼다. 자꾸만 뒤돌아보았다. 하지만 그때마다 염화사에서 반달못으로 이르는 둑길에도 반월정에도 아무도 보이지 않았다. 야속한 생각이 들었다. 아라는 스스로를 달랬다.

"매일같이 정자에 들르시는 게 쉬운 일은 아닐 거야. 글도 읽으셔야 할 테고 다른 바쁘신 일이 없으란 법은 없으니까."

중문은 반월정에서 기다리고 있을 아라 생각에 애가 탔다. 하지만 왕경에서 먼 길을 몸소 찾아온 어머니 앞에서 그런 속내를 비칠 수는 없었다. 정부인 강 씨는 방 안을 찬찬히 둘러보더니 입을 열었다.

"어찌 서권이 하나도 안 보이느냐?"

"글공부하러 온 것이 아니옵니다."

"그러면 예 뭣 하러 머물러 있는 게냐?"

"……."

"이제 그만하면 돌아가신 아버지 생각도 떨쳐낼 때가 되지 않았느냐?"

"아버지 때문이 아니옵니다."

"그렇다면 머리를 깎을 생각이냐?"

중문은 또 대답하지 않았다.

"그 처자 때문이냐?"

중문은 떨구고 있던 고개를 들었다.

"오는 길에 다 알아보았느니라. 네가 연잎을 따는 한 상녀(常女)를 가까이 한다는 소문이 온 고을에 두루 퍼져 있더구나. 그 소문이 사실이냐?"

"그러하옵니다."

"그 처자랑 더러운 연못에 함께 들어가서 연잎도 따고 연근도 캤다지?"

"예, 어머니."

"그게 네 신분으로서 가당한 일이더냐?"

"몸을 쓰니 건강이 좋아졌사옵니다."

"몸 쓸 데가 그런 하찮은 일밖에 없더냐?"

"하찮은 일이 아니옵니다."

"아니면?"

"생계를 도모하고자 하는 일을 어찌 하찮다고만 여기시옵니까?"

"네가 그 처자처럼 그런 일로 생계를 꾸려야 하느냐?"

중문은 말이 막혀버렸다.

"네가 아무리 철이 없기로 어쩌자고 근본도 없고 함부로 자란 그런 상녀를 가까이 하느냐?"

"어찌 가문이 사람의 전부이겠사옵니까?"

"전부가 아니라, 사람을 아는 하나의 잣대는 되느니라."

강 씨는 고개를 돌렸다.

"밖에 뚜칠이 놈은 대죄를 하고 있느냐?"

문 앞에 서 있던 사내가 대답했다.

"예, 정부인 마님."

수묵당 밖 뜰에는 뚜칠이가 꿇어앉아 있었다. 사내들이 몽둥이를 들고 그 주위에 둘러서 있었다. 강 씨는 문을 열라고 하고는 밖을 향해 지엄한 영을 내렸다.

"상전을 잘못 모신 죄가 크니 그놈을 매우 쳐라!"

중문이 얼른 말했다.

"저놈은 아무 죄가 없사오니 벌을 내리시려면 제게 내리소서."

중문이 밖으로 나가려 하자 강 씨는 목소리를 높였다.

"게 가만히 앉아 있지 못할까!"

사태가 험악하게 흐르자 뜰에 있던 사미니가 아뢰었다.

"부처님을 모시고 있는 절에서 그리하시면 아니 되옵니다."

강 씨는 사내들에게 다시 하령했다.

"그놈을 절 밖으로 끌고 나가서 매를 치거라."

"어머니!"

"이대로 두어서는 아니 될 일이다. 아버지께서 하늘에서 굽어보신다면 무어라 하시겠느냐?"

중문은 입술을 깨물었다.

"뚜칠이를 몽둥이로 때려죽이시더라도 하는 수 없사옵니다. 소자, 아라 낭자와 혼인을 할 것이옵니다."

"뭐? 너 방금 뭐라고 했느냐? 혼인을 해?"

"그러하옵니다."

"그건 절대로 아니 된다!"

"허면 소자는 성명을 버리겠사옵니다."

"네, 네가 에미 앞에서 어찌 그런 막말을?"

"막말이 아니옵니다. 소자, 어머니께 드릴 말씀은 그뿐이오니 그리 아시고 그만 돌아가시옵소서. 소란을 일으킬 곳이 아니옵니다."

"소란? 내가 지금 뭣 때문에 이러는 줄 모르고 소란이라고 하느

125

나?"

"소자, 이만 가볼 곳이 있으니 일어나겠사옵니다."

중문은 입을 다물지 못하는 강 씨를 둔 채 일어났다. 그러고는 산문 밖으로 나가 뚜칠이를 둘러선 사내들에게 소리쳤다.

"이놈들, 그놈의 털끝 하나라도 건드리면 모조리 요절이 날 줄 알거라."

사내들은 고개를 숙인 채 수묵당 쪽을 쳐다보았다. 강 씨가 밖으로 나와 마루에 섰다.

"네가 필시 그년한테 단단히 홀린 것이 분명하다. 어떤 년인지 그 잘난 낯짝을 내 직접 보아야겠으니 데려와 보이거라. 그렇지 않으면 내가 그년의 집으로 찾아가볼 것이다."

"이년이 저녁은 하지 않고 어딜 싸돌아다니는 거야?"

집 안에 들어선 양부는 마당을 서성거리며 푸념을 늘어놓았다.

"또 그 도령 놈을 만나러 간 건가?"

그때 사동이 들어섰다.

"아저씨, 공수정 어른께서 댁으로 오시라고 합니다요."

"공수정 어른께서 어인 일로?"

"그야 저는 알 수 없지요."

양부는 선걸음에 집을 나섰다. 태평루 일 때문일 거라고 여기다가 곧 생각을 고쳤다. 아라 때문일 것이었다. 아라를 며느리로 삼으려고 눈독을 들인 지가 벌써 몇 년째인가 말이다. 양부는 걱정 반 기대 반으로 공수정의 집을 찾았다.

"어서 오게."

"어인 일로 부르셨사옵니까?"

"들어가서 얘기하세."

공수정은 크게 한 상 차려 들였다. 양부는 눈이 휘둥그레졌다.

"자, 우선 한잔 받게."

양부는 두 손으로 받았다.

"자네 혹시 도령 놈으로부터 한몫 받아 챙기려는 건 아니겠지?"

"그게 어인 말씀이옵니까?"

"그 도령 놈이 아라한테 마음을 두고 있으니 하는 소릴세."

"천만부당한 말씀이옵니다. 벌문의 자제가 어찌 나 같은 것을 안 중에 두고 있기나 하겠사옵니까? 소인은 그 도령 놈이 우리 아라를 제 마음대로 데리고 놀다가 헌신짝처럼 버릴 것만 같아 몹시 속이 상해 있을 뿐이옵니다."

"나도 그렇게 생각하고 있다네. 아라가 신세 버릴 일이 뻔해서 나도 요즘 통 밤잠을 제대로 못 이루고 있다네."

"다 소인의 불찰이옵니다, 공수정 어른."

"내가 그동안 쓸 것 쓰지 않고 입을 것 입지 않고 왜 죽어라 하고 재물을 모아왔는지 자네 아는가? 그게 다 우리 백근이 때문일세. 그놈은 나같이 고생하면서 살게 하지는 않겠다는, 오로지 그 일념이었지.

덕분에 나도 이제 우리 백근이한테 남 보란 듯이 물려줄 만큼 재물을 모아 두었으니 아라가 내 집에 며느리로 들어온다면 평생 두 손에 물 묻히고 살 일은 없을 걸세. 적어도 이 함안 고을에서만큼은 왕경 벌족에 못지않게 떵떵거리며 살 수 있다는 말일세. 하고, 그렇게만 된다면 내가 사돈이 되는 자네의 살림살이를 어찌 못 본 체하겠나?"

"그, 그렇게까지 마음 쓰고 계신 줄은 몰랐사옵니다."

"앞으로 자네도 나를 따라 관아에 자주 드나들다 보면 질청의 말석이라도 한자리쯤 얻을 수 있을걸세. 내 진작에 호장 어른께 자네애기를 잘해 오고 있었다네."

"공수정 어른! 이 은혜를 어찌 다 갚아야 하올지……."

"한데, 문제는 아라가 아닌가? 참 안타까운 노릇일세."

"그, 그년은 소인이 어떻게든 알아서 하겠사오니 아무 심려치 마옵소서."

양부는 속이 탔다. 굴러들어온 복을 발로 차고 있는 아라를 생각하니 안절부절못할 지경이었다. 공수정이 부어주는 대로 받아마셨다. 취기가 점차 오르자 대담한 생각까지 일었다. 양부는 혀 꼬인소리를 냈다.

"계집은 사내 맛을 보면 달라질 것이옵니다. 그년 에미가 그랬던 것처럼."

"거 어인 소리인가?"

"그년 과부로 지낼 적에 소인이 아무리 마음을 기울여도 에미가 받아들이지 않다가 어느 날 밤에 에라 모르겠다 하고 덮치고 나니 순순히 말을 듣는 게 아니었겠사옵니까?"

"허헛, 그런 일이 있었군 그래?"

"아무리 좋은 말을 해주어도 아라 그년이 못 알아듣고 있으니 이제 방법은 한 가지뿐이옵니다."

"그, 그러면?"

"기왕지사 말이 난 터, 오늘밤에 당장 해치우게 해야겠사옵니다."

"아라가 도령 놈에게 벌써 몸을 허락한 건 아니겠는가?"

"아무리 험한 꼴로 살기로서니 아라를 어찌 보고 그런 말씀을 다 하시옵니까?"

"아, 나도 모르게 헛말이 나왔네. 미안하이."

"당장 사위님을 불러 주옵소서."

"사위라니?"

"공수정 어른의 자제 말고 누가 제 사위가 될 수 있다는 말이옵니까?"

"그건 그렇지. 알겠네, 알겠어. 내 얼른 우리 백근이를 부르지."

불려온 나백근은 한창 술판을 벌여 놓고 있는 두 사람을 번갈아 보더니 한심하다는 표정을 지었다.

"때가 어느 때인데, 아버지도 참."

"백근아, 너는 아라에게 장가들 좋은 계획이라도 있느냐?"

"계획이고 뭐고, 도령 놈한테 푹 빠져 있는데 난들 어쩌겠사옵니까?"

"그렇게 넋 놓고 있다가 행여 도령 놈이 왕경으로 돌아갈 때 아라가 따라 나서기라도 한다면 어찌하려고 그러느냐?"

"에이, 아라가 아무리 그렇게까지 하려고요?"

"모를 일이다. 아라가 이참에 제 팔자를 고치겠다고 덤벼든다면 뭔 짓인들 못하겠느냐?"

"그건 그렇기도 하겠사옵니다만."

"그리고 도령 놈이 아라 때문에 이 시골구석에서 영 눌러 살 줄 아느냐?"

"그러면 제가 어찌하면 좋겠사옵니까?"

공수정이 양부에게 눈길을 주었다. 양부가 가만히 입을 뗐다.

"자네가 오늘밤 아라를 도모하게."

"예에? 그거 무슨 말씀이신지?"

"미리 도둑장가를 들란 말일세. 설마 우리 사위님 아랫도리가 부실하지는 않겠지?"

"사, 사위라고요?"

"왜 싫은가?"

"아, 아니옵니다, 장, 장인어른. 헤헷!"

공수정이 단단히 다짐을 주었다.

"네 장인이 어려운 결정을 내렸으니, 오늘밤 아라를 네 계집으로 만들지 못하면 너는 사내도 아니니라."

"잘 알겠사옵니다."

"그러면 네 장인한테 술을 한잔 올리고 돌아가서 단단히 채비를 하거라."

나백근은 얼른 책상다리를 한 앉음새를 고쳐 꿇어앉고는 양부에게 술을 따랐다.

"허헛, 내 우리 사위님을 믿겠네."

"분부대로 하겠사오니 아무 염려마소서, 장인어른."

공수정에게 가락지를 하나 받아 들고 밖으로 나온 나백근은 신이 났다. 제 처소로 돌아가 복면과 단도를 준비했다. 그러고는 밤이 더 깊어지기를 초조히 기다렸다. 방과 마루를 들락거리기를 여러 차례나 하다가 신을 신고 나섰다.

"아라야, 내 오늘 밤새 네 몸에 아주 불을 질러 흐물흐물 녹여주마. 그런 다음, 아침에 방문을 열어서 같이 있는 것을 고을 사람들에게 보여주기만 한다면, 흐흐흐."

아라의 집에 다다른 나백근은 싸리울에 기대어 집 안의 동정을 살폈다. 아라의 방에는 불이 꺼져 있었다. 사립문을 열고 발자국 소리가 나지 않게 방문 앞으로 다가갔다. 문짝에 귀를 댔다. 아무 소리도 들리지 않았다.

살그머니 문고리를 잡아당겼다. 안으로 걸려 있어 열리지 않았다.

단도를 빼어들었다. 문짝과 문설주 사이의 빈틈에 날을 끼워 안에서 걸어놓은 고리를 밀었다. 고리는 한 번 만에 벗겨졌다. 나백근은 침을 꿀꺽 삼키며 가만히 방문을 당겨 열었다.

아라는 세상모르고 곯아떨어져 있었다. 다시 방문 고리를 걸어두고 나백근은 제 옷을 벗었다. 그러고는 잠들어 있는 아라에게 다가가 발가벗은 몸을 포겠다. 한 손으로는 찢어내듯이 옷을 벗기기 시작하며 한 손으로는 아라의 입을 틀어막았다.

"읍?"

아라가 눈을 떴다. 아무 것도 보이지 않았다. 웬 사내가 몸을 짓누르며 겁탈을 하려고 한다는 것만은 금방 깨달았다. 아라는 손을 허우적거리다가 사내의 머리를 만져 복면을 벗겨내었다. 그러는 동안 아라의 아랫도리가 거의 다 찢겨져 나갔다. 아라는 몸부림을 치며 사내의 옆구리를 손아귀로 크게 꼬집었다.

"아아야!"

그 순간, 아라는 사내를 밀쳐냈다. 몸에서 사내가 떨어져 나가자 아라는 얼른 일어나며 소리를 질렀다.

"아아악!"

"조용히 하지 못해!"

목소리가 어딘지 귀 설지 않았다. 아라는 누구인지 단번에 짐작했다.

"너, 백근이지?"

나백근은 대답 없이 재빨리 달려들었다. 일이 틀어지기 전에 어서 찾아온 목적을 성사시켜야 했다. 하지만 소리를 지르며 완강히 저항하는 아라의 힘이 예사롭지 않았다. 여력(膂力)을 쓰는 것이 장사나 다름없었다. 오히려 덤벼드는 나백근이 씩씩거리며 힘에 부칠 지경이었다.

"이년이 왜 이렇게 버티는 거야!"

"백근이 너, 썩 떨어지지 못해!"

마침내 나백근이 아라의 윗옷을 어깨 뒤로 벗겨 넘겼다. 손을 더듬으니 봉긋한 가슴살이 물컹하고 만져졌다. 아라는 크게 소리를 질렀다.

"아아악! 그만해, 이러지 말란 말이야!"

잠결에 이상한 소리가 들리는 듯해 눈을 뜬 대산댁이 어디선가 들리는 소리에 가만히 귀를 기울여 보다가 이래우를 흔들어 깨웠다.

"무슨 소리 안 들리오?"

이래우도 가만히 들어보고는 말했다.

"아라 집에서 나는 소리 같은데?"

"누가 아라에게 몹쓸 짓을 벌이고 있는 것 같지 않으오?"

"남녀 간에 밤에 저러는 것이라면 못 들은 척해야지."

"다른 사람도 아니고 아라가 아니오? 겁탈이라도 당하고 있다면 큰일이구만."

"다 그런 후에 마지못한 듯 정 붙이고 사는 거지."

"아라가 받아들일 만한 사내는 아직 없으니까 하는 말이오."

"없긴 왜 없어? 나백근이 있지 않나?"

"몰라서 그렇지 그놈은 아라가 벌레 보듯 하는 놈이오 만약 그 놈이라면 아라가 내일 아침 죽으려 들지도 모르오."

"그래? 그렇다면 안 되지."

"그러니 어서 가봅시다."

이레우는 밖으로 나와 절굿공이를 찾아 들었다. 아라의 방 안에서 남녀가 엎치락뒤치락하는 소리가 들려왔다. 이레우는 절굿공이를 단단히 쥐고 방문 앞으로 다가가 소리를 쳤다.

"거, 안에 언놈이냐!"

들리던 소리가 한 순간에 뚝 그쳤다. 별안간 아라의 외침이 들렸다.

"아저씨, 살려주시어요!"

나백근은 사색이 되어 아무렇게나 집히는 대로 옷을 집어 들고는 문을 박차고 나왔다. 이레우를 처다보지도 않고 얼른 마당으로 뛰어내리더니 쏜살같이 줄행랑을 놓았다. 대산댁이 방 안으로 들어갔다. 옷이 다 찢어진 아라는 흐느끼고 있었다. 대산댁은 찢어진 옷가지나마 걸쳐주었다. 그러고는 아라의 머리를 쓰다듬었다.

"에그, 불쌍하기 짝이 없는 것!"

간밤의 충격에서 채 헤어나기도 전에 뚜칠이가 찾아왔다. 그의 손에는 큼직한 보따리가 하나 들려 있었다. 아라는 경황이 없는 가운데에서도 가까스로 몸을 추스르고 나왔다.

"지금 곧 염화사로 가야 하지요."

"어인 일로?"

"왕경에서 정부인 마님께서 오셨는데, 도련님으로부터 아라님의 얘기를 들으시고는 데리고 오라는 지엄한 영을 내리셨지요."

"예에?"

아라는 소스라쳐 놀라 어찌할 바를 모른 채 우두커니 서 있기만 했다. 뚜칠이는 들고 있던 보따리를 주었다.

"도련님께서 다가오는 초파일에 아라님한테 주려고 남몰래 마련해 놓은 것이지요. 도련님께서 신신당부를 하셨으니 꼭 그걸로 갈아입고 속히 나오지요."

"안 가면 안 되나요?"

"아마도 여기로 몸소 찾아오실 게 뻔하지요."

"그, 그러면 하는 수 없네요. 고을 어귀에 가서 기다리셔요."

방으로 들고 들어온 아라는 보따리를 끌렀다. 비단옷과 허리띠와 버선과 갓신과 찰 패물까지 갖추어져 있었다. 아라는 꿈만 같았다. 귀인들만 입는 옷을 저도 입어도 될지 불안하기만 했다. 하지만 중문이 입고 오라고 보낸 것이라니 아니 입고 가지는 못할 바였다.

아라는 머리를 새로 빗고 낯과 발을 씻었다. 그러고는 옷을 입고 허리띠를 두른 다음 귀걸이를 하고 허리에도 패물을 찼다. 밖으로 나와 가만히 신을 신었다. 발에 꼭 들어맞았다. 아라는 누가 알아보기라도 할세라 낯을 숙여 얼른 고을 어귀로 종종걸음을 쳐갔다.

"허헛, 아주 몰라보겠네요? 그렇게 차려입으니 영락없이 귀한 집 사람처럼 보이네요."

"놀리지 말아요."

"가면 마님께 절을 올려야 하지요. 그리고 꼭 정부인 마님이라고 불러야 하고."

"알겠어요."

염화사가 가까워질수록 아라의 걸음이 자꾸만 쳐졌다. 뚜칠이는 뒤돌아보며 아라가 다가오기를 기다렸다가 다시 걷곤 했다.

"겁먹을 것 없지요. 설마하니 잡아먹기야 하겠어요?"

아라는 한숨을 크게 쉬고는 수묵당에 들었다. 상석에 앉아있는 정부인 강 씨에게 절을 올린 뒤 서 있었다. 앉으라는 영이 떨어지자 치마를 펴 나부시 앉았다. 강 씨는 고개를 숙이고 있는 아라를 뜯어 보았다.

"그 옷은 어디서 났느냐?"

"……."

"너희 같은 것들이 입는 옷이 아니거늘, 어디서 났기에 입고 왔 느냔 말이다!"

"도, 도련님께서 반드시 입고 오라시며 보내셨다고 하길래 입고 왔사옵니다."

"뭐? 중문이가? 아무리 그랬기로, 신분에 맞지 않는 옷을 덥석 걸치는 것을 보니 네가 맹랑하기 그지없는 계집이로구나. 그러니 우리 중문이를 능히 홀리고도 남음이 있으렷다?"

아라는 몸 둘 바를 몰라 무어라 대꾸할 생각은커녕 숨조차 제대로 쉬지 못했다.

"어머니!"

"너는 어른 말씀을 가로막는 버릇을 어디서 배웠느냐?"

강 씨가 역정을 내자 중문은 더 나설 수 없었다. 주지승이 들어왔다. 강 씨는 다소나마 심기를 누그러뜨렸다. 주지승이 강 씨에게 말했다.

"이 아이는 우리 고을에서 심성이 곱기로 물망이 자자하여 온 고을 사람들이 관음보살님께서 나투셨다고 침이 마르게 칭찬을 하는 아이옵니다."

"그런 아이가 언감생심 어딜 넘보고 있다는 말씀이오?"

"그렇지 않사옵니다."

"주지 스님의 말씀은 더 듣고 싶지 않소"

강 씨는 아라에게 못 박아 말을 했다.

"다시는 우리 중문이와 어울리지 않겠다는 약조를 하거라. 그것이 네가 살아남는 오직 한길이다."

"……."

"어른의 말씀에 어찌 대답이 없느냐!"

강 씨가 소리 높여 다그치는데도 아라는 대답을 하지 않았다.

"네 이년!"

그때 중문이 벌떡 일어나서 아라의 팔을 당겨 일으켜 세웠다. 그리고는 밖으로 데리고 나가 버렸다. 정부인 강 씨는 느닷없는 중문의 행동에 어안이 벙벙했다. 분함을 참지 못해 손바닥으로 사방침을 내리치다가 통탄에 통탄을 이었다.

"아, 저 아이가 이름 없는 시골에 파묻혀 아랫것들과 진흙구덩이에서 구르며 지내더니 제 어미 앞에서 갖추어야 할 예의범절마저 다 잃어버렸구나. 이를 어째, 이를!"

그것을 본 주지승이 눈을 지그시 감고는 두 손에 들고 있던 염주를 돌리며 들릴 듯 말 듯 나지막이 외쳤다.

"나무 보현보살 마하살!"

제 7 장

낙화놀이

중문은 어머니가 남기고 간 말을 되새겼다. 한 벌문의 여식과 혼담이 오가고 있다는 것, 아라를 정실로 삼을 수는 없으니 굳이 곁에 두고 싶다면 벌문의 여식과 혼례를 치른 뒤 때를 보아 후실로 들이라는 것, 그렇게 하는 것만이 가문을 보전하는 길이라는 말들이었다.

하지만 중문은 아라를 곁방 아내로 삼고 싶은 마음이 추호도 없었다. 시일이 흘러 어머니가 이해해주길 바라며 묵묵히 듣고 있었는데, 마지막으로 나지막이 내놓던 말씀이 섬뜩하기만 했다.

"네가 자꾸 고집을 부리면, 그 아이를 세상에 없는 아이로 만들어버릴 수도 있으니 명심하렷다."

중문은 마음이 편치 않았다. 아라를 데리고 아무도 찾지 못할 곳으로 숨어버리고 싶었다. 하지만 좁디좁은 고려 땅에서 언제까지나 몸 숨길 곳이 어디 있으랴 싶었다. 차라리 머리를 깎을까 생각했다. 그것도 해법은 되지 못할 터였다. 결국은 모든 것이 아라에게 귀착 될 것이 자명했다.

'어찌 한다……'

중문은 장터를 걸었다. 뚜칠이는 정처 없이 걷는 중문을 말없이 뒤따르고 있었다. 중문은 방물장수가 펴 놓은 난전 앞에서 걸음을 멈추었다. 장날마다 찾았던 붉은 비단 띠가 문득 눈에 띄어서였다. 중문은 뚜칠이에게 그것을 사게 했다.

"시장하구나."

장터 주막에 들렀다. 옆 평상에 둘러앉아 있는 떠돌이 장사치들이 나누는 말이 들렸다.

"진주 땅에 감찰어사가 나타났었다고?"

"그렇다네. 졸지에 출두를 하는 바람에 절도사가 쩔쩔 맸다고 하더군."

"허면 다음엔 어디 고을에 나타날까?"

"그야 모르지. 아무튼 미행을 하고 있다고 하니 고을 수령들이 다 밤잠도 제대로 자지 못할걸세."

"이곳 함안 고을에 나타날 수도 있겠군 그래?"

"나타나 보았자 이 고을이야 그리 흠잡을 게 있겠나? 사또가 어진 목민관으로 소문이 자자한데."

중문은 듣는 둥 마는 둥 했다. 뚜칠이나마 배불리 먹이고는 일어섰다. 붉은 비단 띠를 손에 쥔 채 뒷짐을 하고는 걸었다.

장터에는 아이들이 장대에 종이로 만든 깃발을 달고는 등 값에

쓸 비용을 마련하러 다니고 있었다. 중문은 뚜칠이가 지고 있던 종이를 곡식으로 바꾸어 오게 하여 아이마다 한 되씩 나누어주었다. 곡식을 받아든 아이들은 저마다 꾸벅 절을 하고는 횡재를 했다는 표정으로 사방으로 뿔뿔이 달아났다.

반달못은 나날이 내리쬐는 봄볕을 고스란히 못 안에 가두어 놓고 한 잎 한 잎 푸른 연잎으로 소리 없이 탈바꿈시키고 있었다. 중문은 반월정을 지나쳐 둑길을 한 바퀴 돌았다.

"도련님, 이제 어찌하실 작정이옵니까?"

"정말이지 나도 어떻게 해야 좋을지 모르겠다."

중문은 말끝에 한숨을 쉬었다. 그 모양을 곁에서 지켜보는 뚜칠이는 안타깝기만 했다. 두 사람을 위해 해야 할 일이 있다면 그 어떤 것이라도 하고 싶었다. 중문은 둑길을 내려와 계곡을 따라 걸었다.

"나들이 갔다 오시는군요."

"예, 스님."

염화사는 초파일을 앞두고 손님맞이로 분주했다. 주지승은 사흘 밤낮으로 열릴 미륵보살법회 채비에 몰두하고 있었고, 여러 사미니들은 떡을 찐다, 나물을 무친다, 두부를 만든다, 전을 부친다 하여 바삐 일손을 놀리고 있었다.

뚜칠이는 힘에 부쳐 하는 불목하니를 도와 당(幢)을 걸 지주에 줄을 맸다. 중문은 두리번거리며 아라를 찾아보았다. 그 속내를 짐작한 사미니가 말했다.

"아라님은 공양간에 있사옵니다."

"예에."

중문 머쓱했다. 차마 공양간으로 가지 못하고 뜰을 가로질러 처소로 향했다. 드나드는 신도들이 부쩍 많았다. 모처럼 북적이는 절간이 마치 장터라도 옮겨 놓은 듯했다. 낯선 비구니들이 절로 들어섰다. 사미니가 다가가 그들을 이끌었다. 지나치다가 사미니가 웃으며 중문에게 귀띔했다.

"내일이면 좋은 구경거리가 많이 있을 것이옵니다."

해질 무렵부터는 모두 들어앉아 연등을 만들기 시작했다. 다들 밤을 새울 작정이었다. 온 절이 환하도록 방마다 불이 켜진 채 꺼질 줄 몰랐다. 처소에 홀로 들어앉은 중문은 심경이 착잡하기만 했다. 아라가 옷을 싼 보따리와 떡 소반을 들고 찾아왔다.

"요기라도 하시어요"

"오늘 내내 어디서 뭘 했소?"

"공양간에서 대련과(大蓮菓)를 만들었어요"

"대련과? 그게 뭐요?"

"해마다 초파일에 이곳 염화사에서만 만드는 이름난 음식이랍니다."

아라는 보따리를 내놓았다. 중문은 한눈에 봐도 무엇인지 알 수 있었다.

"이걸 어찌 내 앞에 내놓는 것이오?"

"아무래도 저 같은 년이 입을 옷이 아닌 것 같아서요."

"아니오. 그렇지 않소. 내일은 꼭 이 옷을 입어주오."

아라는 망설였다. 중문의 어머니 정부인 강 씨 앞에서만 입고는 두 번 다시 꺼내보지 않은 옷이었다. 일을 도우러 절에 오면서 중문에게 돌려주려고 보따리째 가져오긴 했었지만 돌려줄 기회가 없어 이제야 내놓은 것이었다. 초파일에 입으라는 중문의 말에 왠지 내키지 않았다.

"그냥 이런 베옷이 편해요."

"자꾸 입으면 비단옷에도 익숙해질 거요. 내 간곡히 부탁하리다."

해가 뜨기엔 한참 이른 시각, 목탁 소리와 함께 청아한 목소리가 들렸다. 사미니가 신묘장구대다라니를 독송하며 도량을 돌기 시작한 것이었다. 도량석이 끝나자 맑고 높은 광쇠 소리가 이어졌다. 요령송이 그치는가 싶더니 법고, 범종, 목어, 운판의 도량사물이 차례로 울려 퍼졌다.

그러는 동안 중문은 자리를 치우고 의관을 갖추어 잠시 참선에 든 뒤, 일어나 밖으로 나왔다. 뚜칠이가 뜰에 서서 문안을 했다. 신을 신고 내려섰다. 어둠 속에서 사람들이 불을 밝히지 않은 등을 하나씩 들고 법당 앞으로 모여들고 있었다.

법복을 갖추어 입은 주지승이 모습을 드러냈다. 사미니들의 도움을 받아 큰 연꽃 등을 법당 부처님 전에 올리고는 점등을 했다. 그것을 시작으로 절 곳곳에 장대를 세워 쳐 놓은 줄에 신도들이 각자 들고 있던 등을 매달아 놓고는 불을 붙였다. 어둡던 온 절간이 환하게 밝았다.

등은 각양각색이었다. 연꽃 모양을 비롯해 탑 모양, 학 모양, 배 모양, 법당 모양, 잉어 모양, 코끼리 모양……. 글씨를 써 놓은 등들도 있었다. 수복, 강녕, 태평, 만세, 미륵, 정토와 같은 글씨들이었다. 아이들이 단 작은 등도 많이 내걸렸다. 대개 무병, 장수 따위의 글자가 씌어 있었다.

중문은 다가오는 아라를 보았다. 비단옷을 입고 연등을 든 채 걸어오고 있었다. 여느 귀인에 비할 바 아니었다. 중문은 흐뭇했다.

"아직 등을 안 거시었어요?"

"같이 걸려고 기다렸소."

중문은 아라와 함께 나란히 자홍련 등에 불을 붙여 걸고 합장을 하며 소원을 빌었다. 그러고는 고개를 들었다.

"낭자는 무슨 소원을 빌었소?"

"비밀이어요."

"내가 뭘 빌었는지 궁금하지 않소?"

"궁금하지만 굳이 여쭙고 싶지는 않아요."

수많은 등이 새벽바람에 흔들렸다. 등불빛이 크게 어른거리자 사람들의 그림자도 다 뒤섞이며 잠시나마 신분 따위는 잊게 했다.

나백근은 아라와 중문이 같이 있는 모습을 보고 부르르 떨었다.

양부가 연신 고얀 년이라는 소리만 내뱉었다. 공수정이 나백근에게 물었다.

"너 참, 지난번에 아라를 겁탈하러 갔을 때 너를 알아본 사람은 아무도 없었겠지?"

"그럼요."

법당 부처님께 주지승이 등 공양을 끝내고 나오자 차 공양은 고을의 관장인 현령이 봉행했다. 쌀 공양은 고을 제일의 갑제에 사는 부호가 했으며. 그에 이어 과일 공양은 현령 부인이 봉행했다.

"다음은 우리 염화사만의 특별한 행사인 대련과 공양이 있겠습니다!"

중문은 대련과라는 말에 아라에게 고개를 돌렸다. 그런데 아라는 온데간데없었다. 중문은 여기저기 눈을 돌리며 아라를 찾기 시작했다. 그러다가 문득 가마에 실어 놓은 커다란 연꽃 모양을 한 연근 당과(糖菓)에 시선이 멎었다. 대련과 밑에는 연잎 당과를 놓아 받쳤고, 또 그 아래에는 형형색색으로 만든 작은 연과를 여러 줄 둘렀다.

대련과 공양 행렬 맨 앞에 선 사람이 다름 아닌 아라였다. 머리에 연화관을 쓴 모습이 마치 관세음보살의 화신인 것만 같았다. 깜짝 놀란 중문은 저도 모르게 합장을 하며 탄성을 터뜨렸다.

"아, 아라낭자!"

대련과 공양을 끝으로 모든 공양이 끝났다. 사람들은 공양 행렬이 지나던 길을 다시 메웠다. 법당의 모든 문이 활짝 열리고 향수해

례로써 예불이 시작되었다. 긴 예불이 이어지는 동안 사람들은 조금도 흐트러지지 않고 엄숙한 풍모를 지켰다.

예불이 끝나자 사미니들이 부처님께 올린 것들을 모두 내려 밥을 지어 사람들에게 나누어 먹였다. 연근으로 어떻게 그렇게 큰 당과를 만들 수 있는가 처음 보는 사람들은 다들 의아해했고, 해마다 본 사람들은 아라의 솜씨를 칭송하며 누구나 대련과를 맛보기를 원했다.

"곁에 서 있는 줄 알았는데 보이지 않길래 놀랐잖소?"

"죄송해요. 올해는 제가 대련과 공양을 아니하겠다고 했는데도 주지 스님께서 엄히 나무라셔서 급히 가느라 그만……."

"연화관을 쓴 모습이 퍽 아름다웠소. 마치 관음보살님이 바로 내 눈 앞에 나투신 줄 알았소."

"……."

관욕회(灌浴會)가 열렸다. 사람들은 길게 줄지어 서서 작은 표주박에 물을 떠 발가벗은 아기부처님 전신상에 붓고는 절을 하며 물러서곤 했다. 부처님 몸을 깨끗이 씻김으로써 스스로의 심신을 정화한다는 뜻에서였다.

그러는 동안 법당 앞 큰 뜰에서는 뚜칠이와 불목하니가 두 지주에 미륵보살의 탱화가 그려진 당을 높이 걸고 있었다. 관욕을 마친 사람들은 야단 앞으로 몰려들었다. 이윽고 주지승이 야단의 한가운데에 마련되어 있는 법석에 올라 미륵보살법회를 봉행했다.

주지승이 법문을 마치자 사람들은 염주를 굴리며 쉼 없이 미륵보살을 명호하기 시작했다. 그런 한참 뒤에는 사미니들의 인도에 따라 자리에서 일어나 탑돌이를 했다. 그러고는 다시 앉아서 법문을 듣고 또 일어나 탑돌이를 거듭하는 것이었다.

"사람들이 언제까지 저러오?"

"앞으로 꼬박 사흘 밤낮 쉬지 않고 이어질 것이어요."

"백성들의 신심이 참으로 여간 아니군."

"못에 가면 또 다른 구경거리가 있으니 같이 가요."

줄에서 연등을 떼어 든 아라가 중문을 데리고 반달못으로 갔다. 절 뜰에서 보았던 낯선 비구니들, 그들이 반월정에서 연무로써 승무를 추고 있었다.

붉은 가사장삼에 끝을 넓게 접어올린 흰 고깔을 깊이 쓴 세 사람은 북과 비파와 피리로 음악을 연주하였고, 똑같은 차림을 한 다른 세 사람은 그에 맞추어 춤사위를 이어나가고 있었다.

길고 풍성한 장삼의 소맷배래기를 멈추는 듯 치뿌리며 호미날 같은 버선코를 살짝 들었다 내디디고는 온몸을 꿈틀대듯이 뒤틀며 번뇌의 고통에 몸부림치는 듯한 사위에 이르러서는 사람들의 숨조차 멎게 했다.

저물녘의 노을빛을 받고 이어나가는 모습이 애처로웠다가도 둥두둥둥 북을 밟고 치뛰고 내리뛰는 듯, 삘릴리리 피리 구멍에서 솟아나는 듯, 끄아아앙 비파 줄을 누르며 튕기며 옮겨 다니는 듯……

끝내 세상의 모든 욕심과 집착과 고통을 떨쳐내는 찰나, 절로 밝아오는 법열(法悅)의 경지에 들어서서 한없이 노니는 마지막 춤사위를 거두는 순간에 봄바람마저 잠시간 길을 멈추어 경외에 찬 합장을 했고, 떠오르고 있던 반달도 빛을 더해 적멸의 노래를 불렀다.

"낭자도 저런 춤을 출 줄 아오?"

"못 추어요."

"부처님 마음씨를 지닌 낭자가 출 수 있다면 감흥이 더 깊을 텐데, 안 그렇소?"

"설령 제가 출 수 있다 하더라도 어찌 오랜 수행을 해 오신 도력 높으신 스님네만 하겠어요?"

"도력이라……. 도력이 뭐겠소?"

"저는 잘 모르겠어요."

"사사로움 없이 만백성을 이롭게 하는 마음, 그것 아니겠소? 그런 도력이 높은 사람들일수록 벼슬도 높은 자리에 있다면 누구나 참 살 만한 세상이 될 터인데, 그렇지 않소?"

"제가 알아듣기는 어려운 말씀이지만, 맞는 말씀인 것 같아요."

한바탕 큰 중춤 판이 끝나고서도 사람들은 자리를 뜰 줄 몰랐다. 반달못 둑길 건너 강 절벽에 설치해 놓은 풍경이 중문의 눈에 들어왔다. 절벽 꼭대기에 가로로 길게 새끼줄이 쳐져 있었는데, 줄에는 무언가 흰 주머니 같은 것이 잔뜩 매달려 있어 이채롭기만 했다.

"저게 무엇이오?"

"조금 뒤면 아시게 될 것이어요."

날은 점차 어두워져만 가는데 사람들은 저마다 등을 든 채 반달
못으로 더 많이 몰려들고 있었다. 둑길이고 정자 근처고 디디고 서
있을 틈도 없을 만큼 들이차는 것이었다. 온 고을 사람들이 다 모인
것 같았다.

"여기서는 안 되겠어요. 저랑 같이 가시어요."

아라는 중문의 소매를 당겼다.

"어디로 가려고 하오?"

아라는 대답을 하지 않고 사람들 사이를 비집고 나왔다. 뚜칠이
가 보이지 않았다. 중문은 잘되었다는 생각이 들었다. 아무리 부리
는 머슴이라지만 늘 그림자처럼 붙어 있기에 아라와 얘기를 할 적
에는 눈치가 보여 못 다한 말이 많았다.

아라는 중문을 데리고 산성으로 올라갔다. 봄가을로 군사들을 조
련하는 곳이었다. 여느 때에는 찾는 사람이 드물었다. 아라는 중문
과 함께 성문을 힘겹게 당겨 열고 들어갔다. 발밑에 등을 비추어 길
을 찾아 올랐다.

도착한 곳은 사정(射亭)이었다. 오르고 보니 반달못 풍경이 한눈
에 내려다보였다. 못 가에 커다란 등환(燈環)이 쳐져 있는 것이 꼭
빛이 나는 기다란 백팔염주를 팔자 돌림으로 돌려서 놓아둔 것만
같다.

"저쪽 절벽을 잘 보고 계시어요."

중문은 멀리 보이는 반달못 둑길 건너 절벽에서 눈을 떼지 않았다. 도대체 무슨 일이 벌어진다는 것인지 전혀 짐작이 되지 않았다.

절벽 위에서는 사내들이 줄지어 서서 절벽 좌우로 길게 가로질러 매어놓은 새끼줄에 숯가루를 넣은 종이주머니를 한 뼘씩 사이를 두고 매달고는 주머니 아래를 묶은 가는 줄 가닥을 강의 수면 가까이로 길게 늘어뜨렸다.

강가에 모인 또 한 무리는 수백 개나 되는 줄 가닥마다 숯 토막을 달고는 그 끝에 불을 붙이고는 물러나 반달못 둑길 위로 올라왔다. 그러는 동안 숯이 타들어가 줄 가닥에 옮겨 붙기 시작했고, 불이 붙은 줄 가닥은 점차 위쪽으로 타올라갔다.

중문의 눈에는 반딧불이 같은 것이 수없이 절벽을 기어오르는 것만 같았다. 그것들이 절벽 꼭대기에 이르는 듯이 여겨지는 순간, 종이주머니 수백 개에 거의 동시에 불이 붙어 터지며 흩날려 내리는 것이었다.

"아!"

예상치 못한 장관이었다. 수천만 불티가 온 절벽을 수놓을 줄이야. 봄바람이 한몫 더했다. 이리저리 몰려 날아다니는 불티들은 그대로 반딧불이 무리에 다름 아니었다. 흘러내리는 불티들은 강물에 비쳐 더 한층 신비로웠다.

중문은 목젖을 꿀꺽 삼켰다. 초파일 한밤에 천상 선녀가 사바세계로 꽃가루를 뿌리는 것만 같았다. 달은 더 높이 떠 그러한 광경을 크게 비추어주었다. 아라의 얼굴을 보았다. 아라 역시 벅찬 감격에 겨운 모습이었다.

절벽 위에 있던 사내들이 큰 횃불을 밝혀 들었다. 그러고는 머리 위에서 빙빙 돌리더니 아래로 획획 던졌다. 떨어지던 불 뭉치는 절 벽 중간 곳곳에 튀어나온 바위에 부딪혀 사방으로 흩어지면서 또 한차례 불꽃 장관을 펼쳤다.

"저 놀이를 뭐라고 하오?"

"낙화놀이라 부른답니다."

"왕경에 있을 때에는 한 번도 보지 못한 참 대단한 구경거리구 려."

"그러시다면 다행이어요."

"이젠 또 어떤 놀라운 놀이가 남았소?"

"사람들이 등을 들고 온 고을을 돌아다니며 미륵보살님을 명호할 것이어요. 오늘은 그것으로 끝을 맺어요."

중문은 아쉬워 입맛을 쩝 다셨다. 불티가 다 사라지고 사람들이 가두 행등을 하기 위해 길게 줄을 설 채비를 하는 모습을 본 아라 는 또 중문의 팔을 끌었다.

"도련님께만 보여드릴 곳이 있어요."

"내게만?"

중문은 더 묻지 않고 사정에서 내려와 아라를 따라 갔다. 산성 한 담벼락 아래에 비밀스럽게 조그만 연못이 숨어 있었다.

"제가 아무도 몰래 가꾸는 곳이어요."

"조련하는 군사들도 모른다는 말이오?"

"봄철부터 풀이 많이 우거지는 탓에 여기까지 들어오지는 않는답니다."

아라는 품에서 크고 흰 알을 두 개 꺼냈다. 거위 알이었다. 중문은 아라가 시장할까봐 삶아두었다가 가져 온 것으로 여겼다. 그런데 아라의 입에서는 다른 말이 나왔다.

"도련님, 우리 알불을 놓기로 해요."

"알불이라니?"

"이 알 속을 비운 뒤에 밀촛물을 채우고 심지를 꽂아서 굳힌 것이어요. 불을 켜서 연못에 띄우며 소원을 빌면 이루어진다고 해요."

아라는 부돌에 부쇠를 쳐 심지에 불을 붙였다. 그 불을 중문이 들고 있는 거위 알에 옮겨주었다. 그러고는 먼저 두 손으로 연못에 띄웠다. 중문도 따라 했다. 두 거위 알은 작은 연못을 밝히며 조금씩 움직여 떠다녔다.

"아라 낭자."

중문은 품에서 자홍련이 수놓은 비단 머리띠를 꺼내어 아라의 두 손에 쥐어주었다.

"지난번에 옷과 허리띠는 갖춰 주었지만 머리띠를 그만 깜박했었소."

아라는 손에 든 머리띠를 만지작거렸다.

"내가 묶어드려도 되겠소?"

아라는 말없이 중문에게 다시 머리띠를 건네고는 몸을 돌렸다. 그리고는 차려입은 옷과는 어울리지 않게 베로 묶은 머리를 풀었다. 중문은 아라의 등으로 길게 흘러내린 머리채를 곱게 모아 쥐고 새 머리띠로 묶었다.

"다 되었어요?"

중문은 아라의 두 어깨를 잡고 돌려세웠다. 그리고는 꼭 끌어안고 입맞춤을 했다. 아라는 느닷없는 중문의 행동에 온몸이 부르르 떨렸다. 그러다가 정신이 아찔해지며 다리가 녹아내리는 듯 몸을 가눌 수 없을 지경에 이르렀다.

"음, 으음."

아라가 짧은 신음을 내자 중문이 포갠 입술을 떼고 말했다.

"금생에서는 물론이거니와 내생에서까지 이제부터 낭자는 길이 내 사람이오."

"……."

"어찌 말이 없소?"

"모든 것이 불안하기만 하여요."

"부처님이 맺어주신 인연이라 여기고 편안히 받아들이면 되오."

"왠지 죄를 짓는 것만 같아요."

"죄라니 당치 않소. 이게 다 우리의 운명인 듯하오."

"짧은 우연일지도 모른다는 생각을 한 적이 있었어요."

"운명은 다 우연으로 찾아드는 법이라오."

아라는 잠깐 망설이다가 말했다.

"도련님을 낭군님으로 모시지 못해도 좋으니, 저를 버리지만 말아주시어요."

"절대로 그런 일은 없소."

아라는 허리춤에 달고 있던 주머니에서 연자를 한 움큼 내어보였다.

"반달못에서 딴 자홍련 씨앗이어요."

"그러면 우리 오늘밤 그것을 증표로 삼으면 되겠구려."

아라는 반씩 나누어 중문에게 다섯 알을 주었다. 두 사람은 하나 둘 셋을 세어 동시에 연못에 던졌다.

"이 연못은 낭자의 것이니 앞으로 아라의 못이라는 뜻으로 아라 연이라고 부르겠소."

"물속에 든 저 씨앗들은 도련님과 제가 맺어지는 날 꽃을 피울 것이어요. 단 한 알이라도."

"어찌 한 알뿐이겠소. 다 피울 것이오."

중문은 다시 아라를 안고 입맞춤을 했다. 아라는 세상에 태어난 이래 가장 큰 행복감에 젖어들었다. 얼레빗 모양을 한 반달의 달빛이 보름달인 온달의 달빛보다 더 그윽하게 중문과 저를 비춰주고 있는 것만 같았다.

"여기선 듣기 어려우니까 우리 내려가요."

아라와 중문은 손을 잡고 반월정에서 내려와 둑길 아래 못 가 비탈에 나란히 앉았다. 반달못은 물안개를 자욱이 피워내고 있었다. 안개 사이사이로 연잎이 제 모습을 드러내고 있는 반면, 연꽃대는 찾기 드물었다.

"어떤 소리가 연꽃이 터지는 소리인지……."

"가만히 귀 기울여 보시어요."

중문의 눈과 귀에는 이따금 개구리가 연잎 사이로 뛰어다니는 모습과 때때로 고요한 물속에 척척 뛰어드는 소리밖에는 보이고 들리지 않았다.

안개가 서서히 걷히고 있었다. 연꽃대들이 눈에 띄었다. 저마다 봉오리를 맺고 있었다. 중문은 그중 한 연꽃봉오리에 눈을 박고 귀를 기울였다. 눈을 돌려가며 여러 개를 쳐다보고 있어서는 한 소리도 제대로 듣지 못할 것 같아서였다.

문득 아련한 소리가 들려온 것만 같았다. 눈에는 보이지 않는 개구리가 쪽 하고 물속에 뛰어드는 소리 같기도 하고, 연꽃이 픽 개화하는 소리 같기도 했다. 구분하기가 몹시 어려웠다.

"혹시 개구리가 물속에 뛰어드는 소리를 연꽃이 피는 소리라고 하지는 않소?"

"도련님도 참."

아라는 웃으며 일어섰다.

"우리 같이 한 바퀴 걷기로 해요"

중문은 아라의 손을 잡고 둑길을 걸었다. 아라가 말했다.

"이제 연잎을 따러 들어갈 때가 되었나 봐요. 연잎들이 많이 자랐어요"

중문은 지난해에 아라를 따라 못에 들어가 연잎을 땄던 때를 떠올렸다. 거머리가 여간 성가신 게 아니었다.

"거머리를 아주 다 잡아버릴 방법은 없겠소?"

"사람이 해를 끼치러 못에 들어가는 탓에 거머리한테 물리는 것 아니겠어요? 들어가지 않는다면 거머리인들 어찌 사람을 괴롭힐 수 있겠어요"

"어찌 낭자가 반달못에 해를 끼친다고 생각하오?"

"해를 끼치고말고요. 가만히 있는 연잎과 연꽃을 따니까요. 그때마다 부처님께 연이 아프지 않도록 해 달라고 빌곤 해요"

중문은 그런 꾸밈없는 마음씨를 가진 아라가 더없이 좋았다. 잡은 손에 힘을 주었다. 아라가 또 입을 열었다.

"아직 이 반달못에 얽힌 사연은 못 들어보셨지요?"

"무슨 사연이 있소?"

"못이 늘 꼭 담을 만큼만 물을 담고, 품을 만큼만 연을 품고 오랜 세월을 지나는 동안 저절로 반달 모양이 된 것이라고 해요. 넘치게 차지도 모자라게 이지러지지도 않는 반달처럼 말이어요"

"누가 그런 얘기를 해주었소?"

"주지 스님이요. 그래서 저는 하늘에 뜨는 달 중에서 반달을 가장 좋아한답니다."

"나도 앞으로는 반달이 무척 좋아질 것만 같소"

아라는 미소를 지으며 손을 목덜미로 올려 머리띠를 매만졌다. 초파일 뒤로 비단옷은 벗어두었지만 지홍련빛 머리띠만은 풀어놓고 싶지 않았다. 마음이 오직 중문에게 묶여 있기를 바랐고, 스스로를 그렇게 묶어두고 싶기도 했다.

'저 연놈들이?'

두 눈을 내밀고 몰래 두 사람을 지켜보던 양부는 다시 몸을 감추고는 생각했다. 비단옷을 선물 받았다면 그보다 더한 것도 받았으리라는 짐작이었다. 언젠가부터 반찬이 달라지고 아라가 일손도 예전처럼 많이 놀리지 않는 것이 그 증거일 터였다.

"가만, 그렇다면?"

양부는 몸을 빼어 바삐 집으로 갔다. 열어놓은 사립을 단단히 닫아두고는 아라의 방에 들어가 뒤지기 시작했다. 아니나 다를까 개놓은 이부자리 밑에서 목갑 하나를 찾아냈다. 뚜껑을 열었다. 쇄은이 반이나 들어있었다.

'세상에! 이년이 이런 걸 감쪽같이 숨겨두고 있었다니!'

양부는 목갑째 들고 나오려다가 좋은 생각이 떠올라 다시 제 자리에 놓아두었다.

"흐흐흐"

뚜칠이가 중문에게 아뢰었다.

"도련님, 누가 뵙자고 찾아왔사옵니다."

"누구시냐고 하더냐?"

"아라님의 일로 왔다고 하옵니다."

중문은 방에 들어와 앉는 사내를 물끄러미 쳐다보았다. 양부는 걸걸스런 웃음을 물고 있었다.

"도련님, 소인은 아라의 아비이옵니다. 이제야 찾아뵙사옵니다요."

"아라 낭자의 아버지라고 했소?"

"그, 그러하옵니다."

"한데, 어인 일로 나를 찾아왔소?"

양부는 자신을 반기지 않는 중문의 말에 슬그머니 부아가 치밀었다. 하지만 내색을 해서는 안 될 일이었다.

"우리 아라가 도련님과 정분이 나는 바람에 오랫동안 집안 살림이 엉망이 되었사옵니다. 그리고 고을 사람들 사이에 소문이 좋지 않으니 이제 아라는 어찌하면 좋사옵니까?"

"어찌하면 좋다니?"

"어떻게 시집을 가느냐 이 말씀이옵니다."

"그런 걱정은 하지 않아도 되오."

"허면, 도련님께서는 참말로 우리 아라를 정실로 삼을 의향이시옵니까?"

중문은 그 말에 대답하지 않았다.

"그런 건 묻지 말고 나를 찾아온 용건이나 말하오."

"집안에 양식이 다 떨어졌는데도 아라가 일은 하지 않고 매일같이 밖으로 쏘다니기만 하니 생계를 이어가기가 여간 힘들지 않사옵니다."

"아라의 아비라면, 집안의 가장일 텐데 어찌 딸에게만 생계를 의지하고 있다는 말이오?"

"그런 것이 아니오라……."

중문은 뚜칠이를 불러들였다. 그러고는 쇄은 한 냥과 베 두 필을 내어주게 했다.

"부족하겠지만 급한 대로 가져다 쓰도록 하오."

"고, 고맙습니다요, 도련님."

전혀 부족한 재물이 아니었다. 양부로서는 난생 처음 보는 거금이었다. 끌어안듯이 받아든 양부는 뒷걸음으로 물러나 신을 신는 둥 마는 둥 꿰어 지른 채 부리나케 돌아가 버렸다.

"도련님, 괜히 버릇을 잘못 들이는 건 아닌지 모르겠사옵니다."

"장차 장인이 될 사람인데, 심성이 어떻든 그 탓을 해봐야 무엇 하겠느냐?"

"왕경에 계신 마님께서 지난 적에 오셨을 때, 가뜩이나 아라님을 곱지 않게 보시었는데, 그 아비가 저런 형편없는 놈이라는 걸 알면 아라님을 더더욱 용납하지 않을 것이옵니다."

"네가 걱정할 일이 아니니 그만 나가 보거라."

뚜칠이의 염려는 기우가 아니었다. 그로부터 며칠 지나지 않아 양부가 또 찾아들었다. 재물을 뜯으러 온 것을 안 뚜칠이가 눈에 힘을 주어 쏘아보았지만 양부는 하잘것없는 종놈이라 여겨 조금도 괘념치 않는 것이었다.

"저번에 주신 것으로 식복은 해결했사오나, 집이 워낙 누추한지라 나중에 도련님을 모시려면 손을 봐야 하겠기에……."

양부의 말이 끝나기도 전에 중문은 대뜸 잘라 말했다.

"재물이 소용되는 일로는 더 이상 나를 찾아오지 마오."

"이것 참. 도련님이 장차 우리 아라와 혼인을 하시고자 한다면, 비록 천한 신분이오나 소인이 그래도 장인이 되는 처지이온데 어찌 뒷날의 장인을 이리 박정하게 대하신단 말씀이옵니까?"

"그러면 장차 장인이 될 자가 사위 삼을 사람한테 찾아와서 이런저런 구실로 재물을 내어놓으라고 하는 건 어인 법도이오?"

"내어놓으라고 하는 게 아니오라……."

"돌아가오. 하고, 다시는 그런 일로 찾아오지 마시오."

양부는 쓴입을 다시며 쇳소리를 내뱉었다.

"잘 알겠사옵니다. 그리합지요 앞으로 아라를 보시기는 힘들 것이옵니다."

"뭐라고?"

"끄음."

양부는 신음 한마디만 남긴 채 돌아갔다. 뚜칠이는 양부의 덜미를 낚아채어 내동댕이치고 싶은 굴뚝같은 마음을 가까스로 눌렀다.

"세상에 어찌 저런 놈이 다 있사옵니까. 제 딸의 앞날을 생각한다면 도련님께 천 번 만 번 머리 숙여 감지덕지할 일이온데 오히려 얄팍한 속셈을 품고서 한몫 단단히 챙기려 들다니. 에잇, 천하에 고약한 놈 같으니라고!"

과연 양부의 말대로 여러 날 아라는 모습을 나타내지 않았다. 중문이 반월정에서 서성이고 있는데 주지승이 사미니들과 지나가다가 들렀다. 중문은 합장을 하며 일행을 맞이했다.

"날씨가 참 좋군요."

"예, 스님."

"오늘도 아라가 안 왔나 봅니다. 연잎을 따러 올 때가 지났는데 참 이상한 일도 다 있군. 집에 한번 가보지 그러십니까?"

"며칠 더 기다려보면 오겠지요."

주지승은 반달못 가득 피어있는 연꽃을 바라보며 말했다.

"참된 눈을 뜨고 살펴보면, 속세의 인연은 어느 것 할 것 없이 다 허망하기만 하답니다."

"허망한들 어떻겠습니까. 다 지나고 나서 깨치는 것이라면, 그 전에 허망하다는 인연을 실컷 겪어보고 싶습니다."

"그런 경험은 부처님 한 분으로 족한 일이지요. 사람들이 부처님이 몸소 방증하신 바른 길은 좇지 않고 어찌 멀리 돌아온 길만 앞

163

다투어 들어서려고 하는지."

"……."

"도령께서도 이제 우리 염화사를 떠날 때가 되었나봅니다."

주지승이 합장을 하고는 정자를 내려갔다. 중문은 반달못을 묵묵히 바라보다가 한참 뒤에야 뚜칠이에게 하령했다.

"낭자의 집에 가보고 오너라."

"예, 도련님."

바람처럼 다녀온 뚜칠이가 숨을 헐떡이며 아뢰었다.

"양부가 행실이 안 좋다는 구실로 아라님을 집에서 밖으로 한 발짝도 못 나가게 두 발을 꽁꽁 묶어 놓았다고 하옵니다."

중문은 또 한참 만에 입을 열었다.

"그자에게 재물을 좀 갖다 주고 오너라."

"도련님?"

"시키는 대로 하거라."

"그놈 하는 짓을 보면 단단히 혼쭐을 내어도 모자랄 판국에…….
소인, 그리는 못하겠사옵니다."

"가만히 생각해 보니 내가 그자에게 너무했다는 생각이 드는구나. 장차 장인이 될 사람이 사윗감한테 미리 도움을 좀 얻기로서니 무슨 큰 허물이 되겠느냐. 그러지 말고 어서 다녀오너라."

제8장

어긋난 언약

하루도 집 밖으로 나가지 않으면 좀이 쑤셔 못 견뎌 하던 나백근이 두문불출하고 전전긍긍하는 데는 다 그만한 까닭이 있었다. 아라를 겁탈하러 갔다가 미수에 그친 뒤로 아예 사람 아니, 사내로조차 보지 않는 아비에게 털어 놓을 엄두가 나지 않았다.

그렇다고 차일피일 혼자 속앓이만 하고 있을 수는 없었다. 아무런 대책도 마련해 놓지 않고 있다가 어느 날 갑자기 아라가 신소(申訴)를 하거나 그 이웃 사람들이 고알(告訐)을 하여 관아로 끌려가게 된다면 그만한 남우세거리도 없을 성싶었다.

"아버지, 드릴 말씀 있사옵니다."

"또 뭐냐?"

"그게 저어, 그때 말씀이옵니다. 소자가 아라 집에 갔을 때 실은 그년이 소자를 알아보았사옵니다."

"뭐라고? 앞서는 네놈 정체를 들키지 않았다고 하지 않았느냐?"

"그때는 아버지께서 더 크게 역정을 내실까봐 그리 말씀을 드렸사옵니다."

"지지리도 못난 놈 같으니! 그러면 네놈을 본 딴 눈이 없었다고 한 것만은 거짓말이 아니겠지?"

"그, 그것도 사실은 그 이웃에 사는 내외가 소자를 보았사옵니다."

"잘했다, 이놈아. 그래 그 사람들이 그게 너인 줄 아느냐?"

"아마도 십중팔구 짐작하고 있을 것이옵니다."

"쯧쯧, 이놈아, 이놈아. 네놈이 우리 집에서 유일한 걱정가마리요 화근덩어리다. 어디 네 아우들이나 누이들이 단 한 번이라도 내 속을 썩이는 걸 본 적이 있더냐! 맏이라는 놈 꼬락서니가 그러니 우리 집안의 앞날도 훤하다 훤해, 이놈아!"

나백근은 시무룩한 표정만 짓고 있었다.

"그래 이제 어찌할 테냐? 아라가 관아에 쫓아 들어가 아뢰기라도 하는 날이면 내 체면은 하루아침에 땅에 떨어질 것이고, 네놈은 중벌을 면치 못할 터인데?"

"설마 아라가 그렇게까지 하겠사옵니까? 제 년도 낯짝 들고 살려면 그리는 못할 것이옵니다."

"한심한 놈! 한 치 앞도 못 내다보는 놈이로고! 이놈아, 지금은 아라가 그 도령 놈에 온정신이 팔려 가만히 입 다물고 있지만 도령 놈이 마음껏 데리고 놀다가 언제고 훌쩍 왕경으로 가버리고 나면,

그 억하심사를 하소연할 길이 없어 네놈에게 분풀이를 하겠다고 덤비면 어쩔 테냐?"

"아라가 설마요?"

"설마 하다가 뒤통수 맞는 일이 부지기수인데 네놈이라고 그 짝이 나지 않는다는 보장이 어디 있겠느냐."

"그러면 소자가 어찌하면 좋겠사옵니까?"

"그간 오랫동안 아라를 내 며느릿감으로, 또 네 처로 점찍어 왔다만, 우리 집 사람으로 들어앉히지 못할 바에야 하는 수 없는 일이지."

공수정은 갑자기 목소리를 낮추었다.

"죽여야 한다."

"예에? 아버지?"

"다시 말하지만, 네가 겁탈하려고 한 일을 행여라도 그년이 동네방네 떠벌리고 다니면 내가 지난 수십 년간 온갖 굴욕과 멸시를 참고 이루어 온 모든 것이 물거품이 되고 만다."

"아라가 그런 부끄러운 일을 어찌 떠벌리고 다니겠사옵니까?"

"어디 입이 아라 그년 것 하나뿐이라더냐?"

나백근은 할 말이 없었다.

"더 걱정스러운 것은 그년이 관아 내아에 자주 드나들며 사또 부인과 시시콜콜한 얘기까지 주고받는 눈치인데, 그 자리에서 혹시나 네놈 얘기를 불쑥 해버린다면 그날로 사또도 알게 될 것이고, 그러면 네 모가지는 더 이상 네 것이 아니다.

사또가 여느 백성에게는 더없이 어질지만 죄인에게는 대쪽 같은 성품을 보이시니, 멍청하게 손 놓고 있다가 그때가 되어서야 뒤늦게 관대한 처분을 바라는 것은 푸줏간 뒷마당에 묶여 있는 돼지가 살기를 바라는 것만큼 어리석은 일이다."

"아무리 그렇기로서니 해칠 것까지야 있겠사옵니까? 조금만 말미를 주시면 소자가 반드시 아라 그년의 마음을 돌려놓겠사옵니다. 그러니……"

"이놈이 아직도 정신을 못 차리고 있구나. 사내란 모름지기 한번 떠난 계집의 마음을 돌리려고 애쓰는 게 아니다. 돌려 놓아보았자 잠시 잠깐 그때일 뿐 다 헛일이라는 말이다. 공연히 부질없는 일을 벌일 생각일랑 아예 하지도 말거라."

제 방으로 돌아와서 벌러덩 누워 팔베개를 하고 무릎을 세워 꼰 나백근은 천장 가까이에 초점 없는 눈길을 두며 고민에 휩싸였다. 눈 씻고 찾아봐도 고을 내에 아라만 한 처자가 어디 있겠냐 싶었다. 그날 밤 옷을 찢어 벗기려던 때, 스치는 손길에 만져진 아라의 젖가슴 감촉을 평생 잊을 수 없을 것만 같았다. 벌떡 일어나 앉았다.

"에잇, 참. 그렇게 앙탈만 안 부렸어도 지금쯤은……. 그런데 어떻게 한다? 내가 살자니 그년을 죽여야 할 것 같고, 그년을 살리자니 내가 죽을 것만 같으니."

아라의 양부가 찾아왔다. 공수정은 비록 양딸이기는 하지만 양부가 어린 딸년 하나도 마음대로 하지 못하는 것을 못마땅해 하며 한심스럽다는 눈길을 보냈다. 하지만 곧 그런 점에서는 스스로도 마찬가지라는 생각에 다소 속을 누그러뜨렸다.

"요사이 아라는 어찌 지내는가?"

"매양 똑같사옵니다. 반달못에 드나들며 연잎을 따다가 차를 만들어 장터에 내다팔고 있습지요."

"우리 백근이에 대한 말은 하지 않던가?"

양부는 헛기침을 두어 번 내뱉고는 말했다.

"왜 안 했겠사옵니까? 가만두지 않겠다고 아주 단단히 벼르고 있는 눈치였사옵니다."

"단단히 벼르다니?"

"뻔하지 않겠사옵니까. 분에 못 이겨 조만간 사또 부인에게 말하든가 아니면 직접 사또에게 아뢰든가 하겠지요."

"이보게. 그 일은 자네가 맨 먼저 꾀를 낸 일이 아닌가?"

"그렇긴 하지만, 백근이가 실패할 줄 어찌 알았겠사옵니까?"

"어떻게 아라를 말릴 방도는 없겠는가?"

"한 가지 있습지요."

"그, 그게 뭔가? 어서 말해보게."

양부는 은근히 공수정에게 겁을 주면서 그 속을 타게 만들었다. 수작이 먹혀들어가자 양부는 속으로 얼씨구나 했다.

"태평루 보개 공사를 소인에게 주시면 아라를 보쌈해 가는 것을 못 본 척하겠사옵니다."

"보쌈을? 과부 보쌈이나 홀아비 보쌈은 한다지만 처녀 보쌈을 한다는 말은 듣는 것이 처음일세?"

"못할 게 뭐 있겠사옵니까? 아비가 허락하겠다는데."

"그래? 허헛, 하긴 그렇군."

"그러면 공사는 제게 맡기시는 겁니다?"

"알겠네. 자네한테 전적으로 일임을 하지."

"한데, 공사대금은 선금으로 주셔야겠습니다. 아라를 보쌈해 가는 것을 눈감아 드리는 대가라고 여기시고."

"그, 그건……."

"아니 되겠사옵니까?"

"아, 아니 되긴. 그리 함세. 내 호장 어른께 말씀을 드려 내어주도록 하겠네."

"만약 미리 내어주지 않겠다고 하면 어찌하시겠사옵니까?"

"그때는 내가 사천을 내어서라도 주겠네. 약속하지."

"그러면 소인은 그리 알고 이만 물러가옵니다."

공수정은 오히려 잘되었다고 생각했다. 어차피 이놈이 하나 저놈이 하나 마찬가지인 공사일 것이었다. 뒷돈은 못 받아먹겠지만 아들의 목숨을 건지는 것과 동시에 아라를 며느리로 맞이할 수 있는 것에 비하면 몇 푼 안 되는 뒷돈쯤은 아무 것도 아니었다. 공수정은 갑자기 상황이 바뀌어 모든 것이 잘되어 갈 것 같아 기분이 좋아졌다.

"아라를 업어오기 전까지는 절대 백근이 놈에게 얘기해 주지 말아야 하겠군. 또 성급하게 앞뒤 없이 덤벙대다가 일을 그르칠지 모르니 말이야. 암, 이번 일은 아무도 몰래 내가 직접 처리해야 하고말고."

공수정의 집을 나온 양부는 그 길로 바로 염화사로 발길을 놓았다. 중문을 찾아가 뜻을 이루기만 하면 더 바랄 것이 없었다. 뚜칠이가 양부를 보고는 퉁명스럽게 물었다.

"또 어인 일이오?"

"도련님 안에 계신가?"

"어인 일인가 묻지 않소?"

"도련님을 뵙고 말씀드리겠네."

양부의 말을 들은 중문은 기가 차서 말문이 열리지 않았다. 사람이 어찌 이럴 수가 다 있나 싶었다.

"그렇게만 해주신다면 더는 도련님을 찾아오는 일이 없을 것이옵니다."

중문은 입을 닫은 채 양부를 물끄러미 바라보기만 했다. 양부는 눈썹 한 올 꿈쩍이지 않고 말했다.

"도저히 내키기 않사옵니까? 제 제의만 받아들이신다면 우리 아라를 왕경으로 데리고 가든 이 촌구석에 홀로 남겨두든 소인은 하등 신경 쓰지 않겠사옵니다. 도련님 마음대로 하시라는 말씀이옵니

173

다.”

“생각해 보겠네.”

양부는 제가 바라는 대답을 중문이 선뜻 내놓지 않자 없는 말로 얼렀다.

“당장 대답을 해주소서. 소인의 제의를 받아들이시지 못하겠다면 아라를 다른 곳에 시집보내는 수밖에 없사옵니다. 일전에 놓치기 몹시 아까운, 썩 좋은 혼처 자리가 났사옵니다.”

“당장은 자네가 달라는 그만한 재물을 가지고 있지 않아서 줄래야 줄 수 없네.”

“허면, 언제 주실 수 있겠는지요? 시한을 정해 주소서.”

“사람을 사서 왕경 본가에 보내야 하네. 알았으니 이만 돌아가 있게.”

“이달 스무사흘 날까지만 기다리겠사옵니다.”

양부가 돌아가고 난 뒤, 뜰에 서 있다가 방으로 든 뚜칠이가 어이가 없는 얼굴로 중문에게 말했다.

“도련님, 참말로 저놈이 달라는 대로 주실 작정이옵니까?”

“나도 어찌해야 할지 모르겠구나.”

“차라리 아라님을 데리고 떠나는 게 어떠하올지요?”

“어디로 떠난단 말이냐?”

“어차피 도련님께서 세상에 뜻을 두고 사실 생각이 없으시니 멀리 깊은 산속에라도 들어가서 우리끼리 살지요. 이놈 뚜칠이가 죽을 때까지 성심으로 받들어 모시겠사옵니다."

중문은 고개를 흔들었다.

"말은 고맙다만, 그래 봤자 아라 낭자를 더 고생시키기만 할 것이다."

"오늘은 정자 나들이를 아니하시옵니까?"

"가봐야지. 아라 낭자를 만나서 물어봐야겠구나."

중문은 채비를 하고 염화사를 나섰다. 떠날 때가 된 것 같다는 주지승의 말이 떠올랐다. 정말 떠나야 할지도 모른다는 생각이 들었다. 그것도 아라와 함께 떠나는 것이 아니라 혈혈단신으로.

중문은 반월정에 올라 아라를 기다렸다. 반달못 풍경은 아라를 처음 만났던 때와 똑같았다. 중문은 정자 밖으로 고개를 내밀어 하늘을 바라보았다. 비가 올 것 같지는 않았다. 절벽 바위 틈 사이사이에도 풀과 나무가 자라나와 푸른빛을 더하고 있었다.

산성 안에 있는 비밀스런 연못 아라연에 가보았으면 했다. 아라와 함께 던져둔 연 씨앗들이 싹을 틔웠을지도 모른다는 생각이 들었다. 아라의 말이 떠올랐다. 두 사람이 이루어지는 날 연꽃이 피어날 것이라고

"오셨어요?"

아라가 정자에 올라 절을 했다. 중문은 편치 않은 심사를 애써 감추고 아라를 반갑게 맞이했다. 하지만 그것도 잠깐이었다. 아라는 중문의 얼굴에 수심이 드리워진 것을 보고 물었다.

"무슨 언짢으셨던 일이라도 있었어요?"

중문은 어렵게 말을 꺼냈다.

"낭자, 혹시 어느 댁과 혼담이 오가고 있소?"

"혼담이라뇨? 어인 말씀인지?"

"낭자의 양부가 나를 찾아와서 낭자가 시집갈 좋은 자리가 났다고 합디다."

"아니어요. 그런 일은 없어요. 도련님과 저를 떼어 놓으려고 거짓말을 하신 것이어요."

"양부가 내게 거금을 내놓으라고 했소 낭자를 데려가고 싶다면."

아라는 더 놀란 낯빛이 되었다.

"어찌 그럴 수가! 그래서 드리셨어요?"

"못 주었소 가지고 있는 것이 턱없이 부족하기에."

아라는 그 말에 정색을 하며 중문에게 물었다.

"그러면 드릴 작정을 하신 것이어요?"

"주지 않으면 낭자를 다른 데 시집보내겠다고 하니 어쩌겠소"

"제가 여태껏 도련님을 잘못 보았군요. 재물로써 저를 사려고 하시다니."

"그렇게 하지 않고는 다른 방도가 없지 않소?"

"왜 없어요? 그냥 저를 데리고 어디든지 가버리시면 되잖아요."

"아무리 못난 양부라 하나 그도 낭자의 어버이인데 어떻게 낭자를 데리고 도주하듯 떠날 수 있겠소?"

"그 사람은 제게 부모 노릇을 한 번도 하지 않았어요"

"그래도 부모는 부모요"

뚜칠이가 슬쩍 끼어들었다.

"실은 그자가 여러 번 찾아와서 도련님께 재물을 요구하곤 했는데 도련님께서는 그때마다 아무 군소리 없이 내어주곤 하셨지요"

"그런 일이 있었을 줄이야……. 왜 그러셨어요? 진작 저한테 말씀해주시지 않고"

중문은 대꾸를 하지 않았다. 제 자신으로 말미암아 부녀지간을 더 벌려놓고 싶은 생각이 없었다는 말이 입속에서만 맴돌았다.

"저는 가보겠어요"

그 말 한마디만 남긴 채 아라는 굳은 얼굴로 정자를 내려가는 것이었다. 뚜칠이가 아라를 붙잡아야 하지 않느냐는 눈길로 중문을 보았지만 중문은 무슨 생각에서인지 그대로 돌아가도록 내버려두었다.

집으로 돌아온 아라는 양부를 거칠게 몰아붙였다. 추궁을 당하던 양부는 급기야 방바닥을 치며 애원하는 목소리를 냈다.

"그러니 네가 백근이와 혼인만 하면 되지 않느냐?"

"그런 좀놈과 함께 사느니 차라리 나가서 죽어버리고 말겠어요!"

"아라야, 아라야!"

양부는 입을 막고 달려 나가는 아라를 사립문 밖으로 따라 나가 두어 번 불러보다가 그만두었다. 마당으로 들어와 툇마루에 털썩 주저앉은 양부는 결의에 찬 혼잣말을 했다.

"더 이상 어쩔 도리가 없군. 이 기회에 한몫 단단히 챙겨서 떠나는 수밖에."

낯선 사내들이 함안 고을로 찾아들었다. 장사치들 차림이 아니었다. 저마다 손에는 흑장(黑杖)을 쥐고 머리에 쓴 칠립(漆笠) 밑으로 번뜩이는 눈매만 해도 예삿사람들 같지 않았다. 눈치가 빠른 사람들은 감찰어사가 출두하기에 앞서 염탐을 보낸 이들로 여기는가 하면, 어떤 사람들은 주령(主領)을 잃은 무부 패거리일지도 모른다는 생각을 했다.

하지만 어느 누구도 드러내 놓고 말을 하지는 않았다. 그들이 어떤 이들이든 입을 잘못 놀렸다간 쥐도 새도 모르게 큰 화를 당할지도 모른다는 불안감 때문이었다. 그들의 출현이 보고되었지만 현령은 죄를 짓지 않는 한 내버려두라는 지시를 내렸다.

대산댁은 닭국을 끓여 차린 상을 내어왔다. 평상에 앉은 그들은 아무도 입을 열지 않고 수저만 들었다.

"저어, 나리님들, 술 한잔 올릴깝쇼?"

"되었네."

묵묵히 요기를 마친 그들은 대산댁을 불렀다.

"이 고을에 아라라고 하는 처자가 있소?"

"예, 있습지요. 바로 저 집에 살고 있답니다."

대산댁은 담 너머를 가리켰다. 그들 중 하나가 품에서 작은 주머니를 꺼내 상에 올려놓았다.

"이 안에 은자 서 돈이 들어 있소 몇 가지 묻는 말에 신실히 대답만 잘한다면 이 주머니는 주모의 것이오."

대산댁은 웬 횡재수인가 하여 평상 끝에 걸터앉았다.

"그 아라라는 처자의 행실은 어떠하오?"

"둘도 없는 효녀에다가 심성 좋지, 인물 곱지, 솜씨란 솜씨는 다 빼어나지, 어느 한군데 흠잡을 데 없는 처자입지요"

"그 처자가 왕경에서 온 어떤 도령과 가깝게 지낸다고 하던데 그게 사실이오?"

"말도 마십쇼. 그 때문에 여러 사람이 애를 먹고 있습지요"

"어떤 사람들이 무슨 애를 먹고 있다는 게요?"

"도령이 나타나기 전에 아라의 꽁무니를 졸졸 쫓아다니던 총각이 있었는데, 아라를 도령에게 빼앗길까 시샘하다 못해 그만 겁탈을 하려다가…… 에구머니, 이 주둥이 좀 보게. 아, 그런 게 아니고 글쎄……."

"하던 말 계속 하오, 명대로 살고 싶거든."

대산댁은 저승차사와도 같은 음성에 오싹 소름이 돋았다.

"어떻게 그런 끔찍한 말을……."

"말이 아닐세. 우리는 끔찍한 짓을 숨 쉬듯이 하는 사람들일세. 알았으면 어서 바른 대로 말해 보게."

"야반에 겁탈을 하려다가 실패하고 말았습지요, 예. 그런데 아라의 양부와 그 총각의 아비가 그전부터 나서서 두 사람이 잘되도록 하려고 해 왔는데 아라가 영 그 총각한테는 마음이 없는지 거들떠보지도 않는 지경에 이르러 그런 일이 일어났습지요. 그게 다입니다요."

"잘 알겠네."

사내들은 주머니를 놓아둔 채 일어섰다. 맨 마지막으로 나가던 사내가 몸을 돌려 물었다.

"그 총각의 이름이 뭔가?"

"나백근이라고, 관아 공수정 어른의 맏아들입지요."

"그 아전의 집은 어디에 있는가?"

"저쪽 남문으로 가는 길을 따라 가다보면 큰 버드나무가 하나 서 있는 동리가 나올 것인데, 그 동리에서 가장 큰 집을 찾으면 되옵니다. 한데, 나리님들은 어디서 오신 분들이신지?"

"알 것 없네. 주모, 오래 살고 싶으면 우리와 나눈 말을 아무한테도 발설하지 말게. 무슨 말인지 알아듣겠는가?"

"예에 예, 아다마다요."

사내들은 읍성 남문과 동문 사이 한적한 모퉁이 길목에서 끈덕지게 기다렸다. 해가 중천에 올라서야 집에서 나와 장터 주막 노름판으로 향하던 나백근이 다가오자 얼른 붙들었다. 팔이 뒤로 꺾인 채 근처 숲으로 끌려 들어간 나백근은 그들이 풍기는 차가운 서슬에 질려 시키지도 않는데도 꿇어앉아 싹싹 빌었다.

"제, 제발 살려줍시오."

"네놈을 죽이려는 게 아니다."

"하면, 어찌 저 같은 좀놈에게 이러시는 것이옵니까?"

"염화사에 머물고 있는 도령과 연분을 나누고 있는 아라라는 처자를 잘 알고 있으렷다? 그것에 몹시 분개하여 겁탈을 하려다가 실패도 했었고?"

"도, 도대체 님네들의 정체가 뭐이오?"

"그걸 아는 순간에 송장이 될 터인데 그래도 알고 싶으냐?"

"아, 아니옵니다."

"그 처자가 곧 도령과 함께 이곳을 떠 왕경으로 갈 것인데, 그래도 명색이 사내란 놈이 그 꼴을 두고만 볼 작정이냐?"

"소인에게 무슨 얘기를 하려는 것이옵니까?"

"만에 하나 그 처자가 도령에게 시집가서 정부인 자리를 승계하게 되면 네놈 따위를 가만히 놔두리라 생각하느냐? 장차 귀인이 될 분을 겁탈하려 들었던 네놈을 말이다."

"그, 그래서 나더러 어찌하란 말이오?"

"처자를 죽여라."

"예에?"

"소리 소문 없이 죽여야 한다. 그렇지 않으면 네놈 목을 가져가겠다."

나백근은 어찌할 바를 몰랐다. 저승 문턱에 놓여 있는 듯 온몸이 덜덜 떨리기만 했다. 사내들은 도저히 이승 사람의 눈빛이라고는 볼 수 없는 귀기 어린 눈빛을 남긴 채 어디론가 가버렸다.

나백근은 두리번거리더니 슬그머니 일어나 주위를 살피며 길가로 나왔다. 그러고는 냅다 달리기 시작했다. 신이 벗겨지는 것도 몰랐다. 목숨을 부지하려면 일각이라도 바삐 아비한테 알려야 되겠다는 생각뿐이었다. 장터에 이르렀다. 몹시 숨이 찬 나백근은 주막으로 뛰어 들었다.

"주, 주모! 무, 물 한 바가지만, 헉헉!"

"무슨 일인지 모르겠네? 꼭 범한테 쫓기기라도 하듯이 헐레벌떡 뛰어 들어와서는?"

나백근은 주모가 건네는 물바가지를 벌컥벌컥 들이켰다. 봉놋방에 앉아 있던 사람들이 말했다.

"자네 소문 들었는가? 아라의 양부가 야반도주했다던데?"

"거, 어인 말이오?"

"아직 깜깜무소식인 모양이군."

"그게 정말이오? 그, 그러면 아, 아라는?"

"아라? 아라는 모르지. 데리고 함께 달아났는지 양부 제 놈 혼자 내뺐는지."

"이런!"

나백근은 또 달렸다. 거침없이 동문으로 뛰어들자 문지기 나졸들도 움찔하고 물러섰다. 질청으로 간 나백근은 아비 앞에 엎어졌다.

"네가 예 웬일이냐?"

"아버지, 큰일났사옵니다. 아라의 양부가 간밤에 사라졌다고 하옵니다!"

"뭐야? 사라져? 어디로?"

"그야 모르지요. 빨리 아라의 집으로 가보시어요!"

공수정은 아라의 집으로 갔다. 문짝이 활짝 열려 있는 양부의 방 안으로 들어갔다. 가장 기물이며 이부자리며 옷가지가 온통 어지럽게 널려 있었다.

"이, 이놈이? 아뿔사!"

공수정은 비로소 양부가 태평루 공사 대금을 받아 챙기고는 그 길로 달아나 버린 것을 깨달았다.

"내 이놈을 당장 잡아다가 물고를 내고 말리!"

뒤따라 온 나백근이 말했다.

"그뿐만이 아니옵니다."

흑장칠립을 한 낯선 사내들에게 끌려가 죽다 살아났다는 아들의 말을 들은 공수정은 그들의 정체가 궁금했지만 섣불리 덤빌 일이 아니라고 여겼다. 감찰어사의 끄나풀인지도 모를 일이었다.

"으음, 이 모든 일이 아라를 두고 벌어진 것이 틀림없다. 사태가 이리 된 마당이니……."

보쌈을 하고 말고 할 것도 없었다. 공수정은 나백근에게 일렀다.

183

"가서 집안 머슴 놈들 몇 데리고 장터로 오너라."

공수정은 먼저 장터로 갔다. 아라는 난전을 펴고 있었다. 나백근이 집안 종 몇 놈을 데리고 나타나자 하령했다.

"저년을 끌어내어 묶어라."

아라는 웬 영문인가 하여 어리둥절해했다.

"공수정 어른, 어인 일로 이러시옵니까?"

"정녕 네년의 죄를 모르겠다는 말이냐? 고얀 것!"

그때 공수정의 목소리만큼이나 큰 목소리가 뒤에서 들려왔다.

"그 처자의 죄목이 뭐란 말인가?"

모여든 사람들 틈에서 몸을 나타낸 이는 다름 아닌 중문이었다. 중문은 공수정에게 다가서서 품에서 문기(文記) 하나를 꺼내보였다.

"이 처자의 양부가 처자를 데려가도 좋다고 확약을 한 문서일세."

공수정은 중문이 보인 것을 들여다보더니 저도 품에서 공안(公案)을 한 통 꺼내들었다.

"도련님, 여기 이 적바림에는 이년의 아비가 관아 태평루 공사를 차질 없이 이행하겠다는 서약과 그놈이 받아간 공사대금이 적혀 있사옵니다. 한데, 그놈이 돈만 받아 꿀꺽 삼키고는 도주를 해버려 큰 죄를 지었으니, 그 딸년인 이년이 상좌(相坐)의 죄를 면치 못하게 되었사옵니다. 그래도 이 죄인 년을 데려 가시겠다 하겠사옵니까?"

중문은 말문이 막혀버렸다. 죄인을 사사로이 데려가겠다는 것 또 한 죄를 짓는 일인 까닭이었다.

"뭣들 하느냐? 어서 끌고 가지 않고!"

중문은 눈앞에서 아라가 묶인 채 끌려가는 것을 보고서도 어쩌지 못해 억장이 다 무너졌다. 나백근이 중문의 곁을 지나며 어깨치기를 툭 했다. 그것을 본 뚜칠이가 반사적으로 주먹을 들자 중문이 얼른 그의 팔목을 잡았다.

"내버려두거라."

"도련님! 이제 아라님은 어찌 되옵니까!"

공수정의 집으로 끌려간 아라는 곳간에 갇혔다. 아라는 손에 묶인 밧줄을 이로 물어 당기고 손목을 돌려 빼내려고 안간힘을 썼지만 그럴수록 살갗만 제킬 뿐이었다.

날이 어두워지고도 한참 지나서야 곳간의 문이 열리는 소리가 났다. 나백근이 직접 소반을 들고 들어섰다. 밀촛불을 종으로부터 받아든 나백근은 그를 내보낸 뒤 아라에게 다가들었다. 아라는 고개를 돌렸다.

"아버지께서 아무 것도 갖다 먹이지 말라고 하셨지만, 내가 몰래 가져온 거야. 좀 먹어봐."

"천하에 몹쓸 놈!"

"쓸 놈이고 몹쓸 놈이고 간에 어서 먹기나 해."

"내가 이따위 더러운 것을 왜 먹어!"

"너 자꾸 이러면 나도 못 참는다?"

185

"그래서 전에 못한 겁탈이라도 하겠다는 거야? 어디 해보시지?"

"하라면 내가 못할 줄 알아?"

아라는 더 말을 하지 않았다. 묶여 있는 몸을 나백근이 정말로 와락 덮치기라도 한다면 꼼짝없이 당하고 말 것이었다.

"헛소리 그만 하고 공수정 어른이나 불러와."

"왜? 할 말이라도 있어?"

"너는 알 것 없으니까 어서 불러오기나 해."

나백근은 공수정을 데리고 왔다. 그는 아라의 발 앞에 놓인 소반을 보고 나백근에게 물었다.

"누가 먹을 걸 갖다 주었느냐?"

"그래도 먹여야지 굶어죽으면 어떻게 하옵니까?"

"미련한 놈."

공수정은 아라에게 눈길을 주었다.

"네가 살 방도는 이놈한테 시집가는 것뿐이다. 달리 무슨 할 말이라도 있느냐?"

"그러려면 집안을 정리해야 하니 하루만 시간을 주소서."

"그게 참말이냐?"

아라는 말없이 고개만 무릎으로 떨구었다.

"진작 그럴 것이지. 풀어주거라."

공수정은 아라에게 나백근과 집안 종들을 딸려 보냈다. 집에 도착한 아라는 방으로 들어가 이것저것 치우는 시늉을 하다가 나백근을 불러들였다.

"백근아, 내 마지막 소원 한 가지만 들어다오."

"뭔데?"

"염화사에 계신 도련님께 마지막 안부나 전하도록 해줘. 이렇게 부탁이다."

아라는 꿇어앉아 두 손을 모아 빌었다. 나백근은 가슴이 뭉클해졌다. 그러면서 난감한 표정을 지었다.

"아버지가 집안 정리하는 것 말고 다른 짓은 아무 것도 못하게 하라고 하셨는데……."

"언제까지 어린애처럼 공수정 어른의 말씀만으로 살 거야? 그러고도 나한테 장가는 들고 싶어? 장가만 들면 그만이야?"

"좋아! 이제부터 판단은 내가 한다, 암."

나백근은 마당에 서 있는 종들에게 사동을 불러오게 했다. 아라는 사동을 방으로 들였다. 그러고는 나백근에게 타일렀다.

"잠깐만 나가줄래?"

"내가 듣는 데서 얘기해."

"마지막 안부를 전하겠다는데, 무슨 좋은 들을 거리라고 네가 듣겠다는 거야?"

"아니야. 무슨 말로 마지막 인사를 하는지 나도 들어봐야겠어. 왜냐하면 너는 내 각시가 될 사람이니까."

"그러면 네가 각시로 삼고 싶어 하는 내 말은 다 무시해도 되는 거야?"

"그건 아니지만……."

"거 봐. 너는 공수정 어른의 말씀이라면 꼼짝도 못하고, 다른 사람들은 다 무시하는 버릇이 있어. 내가 너를 싫어하는 게 바로 그 한 가지 때문이야."

"정말? 알았어. 그럼 그것만 고치면 되잖아. 얘기해. 나는 나가 있을 테니."

나백근이 나가자 아라는 문짝에 귀를 붙이고 밖에서 누가 엿듣지나 않는지 확인을 한 후에 사동을 당겨 앉히고는 귓속말을 했다. 그러고는 큼직한 쇄은을 하나 쥐어주었다. 사동이 눈을 크게 떴다. 심부름 값치고는 처음 받는 거금이었다.

"방금 내가 한 말, 다른 사람에게는 절대로 얘기하면 안 돼. 알겠지?"

"알겠어요. 절대 말 안 할게요."

구중서찰을 품은 사동은 어둠 속을 달렸다. 세 해가 넘도록 사동 일을 맡아 낮이고 밤이고 온 고을의 심부름을 다니고 있는 터라, 실 한 가닥 놓을 만한 길까지도 눈 감고 뛰어다닐 수 있었다.

염화사로 도착한 사동은 잠시 숨을 고른 뒤에 중문에게 아라의 구중서찰을 전했다.

"종이 되어도 좋으니 왕경으로 데려가 달라? 해 뜨기 전에 도망쳐 나와 반월정으로 오겠다고?"

"그렇다면 이러고 있을 때가 아니지 않사옵니까?"

"그래 그렇구나. 어서 서둘러 간단히 짐을 꾸리거라."

왕경으로 떠날 채비를 마친 중문은 주지승에게 하직 인사를 하고 사미니들과도 일일이 인사를 나누었다. 주지승이 사미니들을 데리고 산문 밖까지 나와 오래토록 중문이 떠나는 길에 부처님 가호를 빌어주었다.

반월정에 다다른 중문은 아라를 찾아보았다. 사람의 기척은 어디에서도 나지 않았다. 이목을 끌까 하여 불도 밝히지 않고 정자에 올라 초조히 아라를 기다렸다. 중문은 어슬렁거리다가 반달못 위 밤하늘을 올려다보았다. 푸른 연기 같은 은하수가 길게 흘러가고 있었다. 이제 곧 아라를 데리고 은하수를 따라 북녘에 있는 왕경으로 돌아갈 생각을 하니 가슴이 설렜다.

"도련님, 저기 좀 보시어요"

뚜칠이가 낮은 음성을 냈다. 반달못 둑길에 횃불 같은 것들이 움직이고 있었다. 발자국 소리가 들렸다. 뚜칠이가 놀라며 나지막이 소리쳤다.

"도련님, 관아 나졸들 같사옵니다!"

"나졸들이라니?"

중문은 달아날 생각도 잊은 채 영문을 몰라 하며 그대로 바라보고 있었다. 반월정에 이른 나졸들이 우르르 뛰어올라 창끝을 겨누며 중문을 둘러섰다. 그 뒤에 허리에 칼을 찬 교위가 천천히 올라왔다.

"저놈들을 포권하라!"

뚜칠이가 두 팔을 벌리며 중문 앞을 막아섰다.

"도대체 우리 도련님께서 무슨 죄를 지었다고 이러시오!"

교위는 짤막하게 대답했다.

"죄인을 빼돌리려 한 혐의이니라."

"이, 이분이 뉘신 줄은 알고나 잡으러 오시었소?"

"죄인의 피가 따로 있다더냐? 뭣 하느냐, 어서 포권하여 체송하지 않고!"

중문은 뚜칠이와 끌려와 관아 감옥에 갇히고 말았다. 중문이 한밤중에 반월정에 있을 줄을 관아에서 어떻게 알았는지 궁금했다. 뚜칠이가 엉덩이로 옥문 앞으로 기어가 옥졸에게 물었다.

"옥사에 혹시 아라라는 처자도 잡혀와 있소?"

"계집은 하나도 없다."

뚜칠이는 다시 중문에게로 기어갔다.

"그러면 아라님은 대체 어떻게 되었을깝쇼?"

"……."

날이 밝았다. 중문과 뚜칠이는 이제나저제나 아라의 소식이 들릴까 마음을 졸이고 있는데 갑자기 바깥이 시끄러웠다. 그러더니 검은 옷을 입고 긴 몽둥이를 든 자들이 옥사 안으로 뛰어 들어오며 소리치는 것이었다.

"어사또 출두이오!"

옥졸들은 얼른 손에 든 창을 놓고 바닥에 코를 박고 엎드렸다.

"도련님?"

"조정 어사대에서 나와 미행을 하고 다니던 감찰어사가 출두했나 보구나."

"하오면, 살 길이 열리는 것이옵니까?"

"글쎄다."

현령은 교위와 질청 아전들, 모든 나졸들을 다 관아 뜰에 벌려 세운 채 어사를 맞이했다. 대청 교의에 현령과 나란히 앉은 어사는 맨 먼저 옥사에 갇힌 죄인들을 하나씩 데려다가 몸소 심문했다. 어사출두 후에는 곧바로 관내에 억울하게 누명을 쓰고 옥살이를 하는 백성이 없는지부터 살피는 것이 오랜 관행이었다.

차례로 끌려나온 죄인들은 중죄를 지었다고도 할 수 없는 잡범들 이었다. 어사는 죄인들이 저마다 억울함을 하소연하지 않고 죄목을 시인함에 따라 일일이 그들에게 다시는 죄를 짓지 말라고 타이른 뒤, 옥사로 되돌려 보냈다.

또 한 죄인이 끌려나와 꿇렸다. 온몸에 성한 데라곤 찾아보기 어려운 죄인이었다. 어사가 현령에게 물었다.

"어인 죄목이오?"

"저놈은 지아비가 행상을 나간 계집을 과부인 줄 잘못 알고, 보쌈을 하려 들었다가 때마침 돌아온 계집의 지아비에게 죽도록 두들

191

겨 맞고 끌려온 놈이옵니다. 곤장을 쳐 하옥해야 마땅하나 이미 몰골이 말이 아닌지라 그냥 옥에 가두어 두었사옵니다.”

“그래요? 네 이놈, 그게 사실이냐?”

“고작 보쌈을 하려 했을 따름이온데, 죽도록 얻어맞고도 옥살이까지 하게 되니 소인 억울하기만 하옵니다.”

“고작 보쌈이라니? 재물 도적보다 사람을 도적질하는 것이 더 큰 죄인 줄 몰랐더란 말이냐?”

“보쌈은 흔히 행해지고 있는지라…….”

“네 이놈, 국법에 보쌈을 해도 된다는 조목이 어디 있더냐? 저런 맹랑한 놈은 고을 백성들에 본보기 삼아 얻어맞은 상처가 다 낫고 나면 그때 제대로 곤장을 쳐 가두어 두시오.”

“예, 어사또.”

뜰에 국궁하고 서 있던 공수정은 어사의 판결을 듣고는 아라를 겁탈하려다가 미수에 그쳤던 나백근을 떠올리며 식은땀을 흘렸다.

중문과 뚜칠이가 끌려나왔다. 감찰어사는 중문의 차림을 보더니 용모를 찬찬히 살펴보았다. 어디선가 본 적이 있는 듯했다. 어사는 문득 떠오르는 얼굴이 있어 깜짝 놀랐다.

‘아니? 저 얼굴은?’

몇 년 전 돌아가신 도지휘사 이방실 장군과 꼭 빼닮아 그의 아들임을 알아본 것이었다. 어사는 저도 이방실 장군의 휘하에 있으면서 여러 차례 출정한 적이 있어서 지금까지도 크게 흠경해 오고 있는 터였다.

"죄인을 보고 어찌 그리 놀라시옵니까?"

"아, 아니오. 그래 저 죄인의 죄목은 무엇이오?"

"관아의 공금을 횡령하고 야반도주한 자의 딸을 빼돌리려고 한 죄를 지은 자이옵니다."

어사는 현령의 귀를 가까이 끌어 무어라 속삭였다. 현령은 두 눈알이 빠져 나올 듯이 크게 눈을 크게 떴다. 어사는 눈길을 중문에게 돌렸다.

"죄인은 본관 사또가 말한 죄목에 대해 달리 할 말이 있느냐?"

중문은 잠시 생각하다가 짧게 말했다.

"없소이다."

뚜칠이가 얼른 고개를 들었다가 숙이며 외쳤다.

"어사또!"

"종놈은 할 말이 있는 게로구나. 어디 아뢰어 보거라."

"관아 공수정이 그 목수가 공금을 챙겨들고 달아났다고 하나, 실상은 그렇지 않을 수도 있사옵니다."

"그렇지 않을 수도 있다?"

"그러하옵니다. 그자가 야반도주한 것을 본 사람이 아무도 없을 뿐만 아니오라, 그자의 방 안이 어지럽게 널려 있었던 것은 그것을 치워줄 딸이 있는 것을 믿고서 새벽 댓바람에 깊은 산으로 재목을 구하러 갔을지도 모르는 일이옵니다. 그렇다면 돌아오기까지 여러 날이 걸릴 수도 있사옵니다."

다 듣고 난 어사는 곰곰이 생각하다가 천천히 고개를 끄덕였다.

"네 말에 일리가 없지만은 않구나. 본관 사또, 함부로 사람을 의심해서는 아니 되지 않소?"

"그러하옵니다, 어사또."

"내 생각에는 야반도주했다는 자는 며칠 더 기다려 보고 판단하는 게 옳을 듯한데, 본관 사또의 의향은 어떠오?"

"소관도 그리 판단이 되옵니다."

"그러면 그자의 죄를 아직 묻지 않은 마당이니, 그 여식에게도 상좌의 죄를 물릴 수 없거니와 저 도령에게도 죄인을 도주시키려 했다는 죄목을 씌울 수 없지 않겠소?"

"그러하옵니다. 여봐라, 무고한 저 도령을 속히 방면하거라."

풀려난 중문은 뚜칠이에게 물었다.

"네 입에서 그런 말이 다 나오다니, 참으로 놀라웠다."

"도련님을 구하는 일이온데, 무슨 소린들 못하겠사옵니까?"

"한데, 그 어사또라는 분 어디서 뵌 분 같지 않사옵니까?"

"너도 용케 알아보았구나. 아버지께서 살아계실 적에 우리 집에도 여러 번 드나든 적이 있는 장수더구나."

"그래서 소인이 그리 아뢰었지, 다른 분이었으면 저 같은 종놈 주제에 혀도 꺼내지 못했을 것이옵니다."

"어쨌든 어사또도 나를 알아보고, 억지 판결로 풀어주었으니 어서 낭자의 집으로 가보자꾸나."

아라의 집은 텅 비어 있었다. 어디로 끌려갔는지 알 수조차 없었다. 중문은 아라를 찾아 어디로 가야할지 몰라 뒷짐을 진 채 서성였다. 문득 공수정이 떠올랐다. 관아 옥사에 하옥하지 않았으니 그가 제 집에 가두어 두고 있는지도 모를 일이었다.

"에, 에흠!"

아라의 집에서 인기척이 나자 대산댁이 아라가 돌아온 줄 알고 담 넘겨보다가 사람들이 놀라지 않도록 군기침을 앞서 내뱉은 뒤에 물었다.

"아무도 없는 집에 뉘시오?"

뚜칠이가 싸릿담으로 다가갔다.

"혹시 이 집에 사는 아라라는 처자를 못 보았소?"

"옳아, 이제 보니 아라가 마음에 두고 있다는 소문이 나신 바로 그 도련님이신가보군 그래?"

"그렇소. 똑바로 맞혔소."

"아라가 어제 아침나절에 장터에 갔다 온다고 나가서는 밖에서 무슨 일이 있었는지 해가 지도록 돌아오지 않았소. 그러다가 아주 늦은 밤에야 돌아왔는데 나백근이란 놈하고 그놈 집안의 종놈들까지 따라 와서 온 집을 에워싼 것이 분위기가 아주 안 좋게 느껴지더구려."

"그래서요?"

"몰래 담 너머로 가만히 살펴보니, 아라가 사동을 불러다가 어디론가 보내는 것 같았는데 한참 만에 돌아온 사동이 염화사에 있는 도련님의 말씀이라며 아라에게 큰소리로 전하는 것이 아니겠소?"

"그래 그게 어떤 말인지 들었소?"

"이래봬도 내 두 귓골짜기는 아주 깊다오. 무슨 말인고 하니, 부정한 여인을 아내로 삼을 수는 없다, 그러니 나는 이만 혼자 왕경으로 돌아가겠다, 다시 찾을 일은 없을 테니 그리 알라, 뭐 대강 이런 말이었습지요."

"뭐요? 사동이 정말 도련님 말씀이라고 그렇게 말했단 말이오?"

"그렇고말고요. 그런데 왕경으로 출발하셨어도 벌써 하셨어야 할 분께서 그런 말씀을 전하게 해놓고 느닷없이 아라의 집에 나타나셨으니 어인 까닭이오? 아직 아라에게 볼일이 남았소?"

대산댁은 겉으로는 뚜칠이한테 묻는 말투였지만 내심은 중문에게 쏘아붙이는 말이었다. 중문은 어찌된 영문인지 도무지 기가 차서 말이 나오지 않았다.

"그 뒤로는 어찌 되었소?"

"넋 놓고 있던 아라가 갑자기 나백근의 품에 안겨 몹시 우는 게 아니겠소? 그러다가 그놈한테 말미를 조금 얻었는지 홀로 어디론가 달려 나갑디다?"

"어디로 갔는지는 모르오?"

"그걸 알면 내가 벌써 찾아 나섰지요."

대산댁의 말이 채 떨어지기도 전에 중문은 쏜살처럼 밖으로 뛰쳐 나갔다. 뚜칠이가 얼른 따라 붙였다. 한참을 달려 반월정에 이른 중문은 정신없이 그 근처를 마구 쏘다녔다.

"낭자! 아라 낭자! 어디 있소? 낭자!"

뚜칠이가 얼어붙은 듯 한 곳에 멈추어 섰다. 그러고는 등골이 오싹하여 나지막이 중문을 불렀다.

"도, 도련님. 여, 여기……."

반달못에서 가장 깊다는 못 기슭에 신발과 자홍련빛 비단머리띠가 가지런히 놓여 있었다.

"낭, 낭자?"

별안간 머리가 터질 듯한 충격을 받은 중문은 그 자리에서 까무러치고 말았다.

제9장

자홍련이 핀 자리

"사또, 금차에 함안 고을로 도임하는 신임 현령께서 문안 차 배알하고자 하옵니다."

"모시거라."

중문은 절도사에게 절을 하고 앉았다.

"자네는?"

절도사는 단번에 그를 알아보고는 껄껄 웃었다.

"이방실 장군의 자제가 아니신가?"

비로소 고개를 든 중문도 절도사를 바로 알아보았다. 삼년 전 중문이 염화사에 머물 때 남도 여러 고을을 미행하다가 함안 관아에 출두를 했던 감찰어사였다.

"예전의 죄인이 한 고을의 관장이 되어 돌아왔사옵니다. 비록 뒤늦게나마 죄를 청하옵니다."

"허허, 죄인이라니, 당치 않은 말일세."

절도사는 밖을 향해 주안상을 봐 오라 이른 뒤에 말했다.

"그때 야반도주했던 자는 그로부터 얼마 지나지 않아 산음 땅에서 잡혀 참수를 당했고, 그의 딸은 그에 앞서 스스로 못에 몸을 던져 자결을 했으니 자네는 아무 죄가 되지 않는다네. 설령 약간의 죄가 된다고 하더라도 이제 와 누가 뭘 어쩌겠는가?"

"민망하기만 하옵니다."

"도임하시거든 부디 관내에 억울한 백성이 단 한 사람도 없도록 하게. 나의 당부는 그것뿐일세. 아시겠는가?"

"사또의 간곡한 말씀, 폐부에 깊이 간직하겠사옵니다."

부임하자마자 모든 관속의 하례를 받느라 태평루에 오른 중문은 호장을 보고는 속으로 깜짝 놀랐다. 꿈에도 잊지 않고 있던 낯익은 얼굴 중 하나였다. 다행히 호장은 중문을 알아보지 못했다. 방자가 되어 따라온 뚜칠이도 마찬가지였다.

관속 한 사람 한 사람의 소개를 다 받은 뒤에 중문은 위엄 있는 음성으로 첫 영을 내렸다.

"여러 관속은 듣거라! 관내에 아직 해결하지 못하고 미궁에 빠져 있는 사건이나 억울한 사연이 있다면, 아무리 오래된 것이라 하더라도 오랜 기억을 들추고 묵은 관안을 찾아내서라도 하나도 빠짐없이 보고하도록 하라!"

"예, 사또!"

중문은 문건을 하나하나 검토해 나갔다. 그러다가 삼년 전에 한 처자가 반달못에 몸을 던져 자살한 사건에 눈길이 머물렀다. 시신을 찾지 못했다는 글귀를 읽는 순간, 눈물이 핑 돌았다.

'아라 낭자! 내 반드시 그대의 원혼을 달래주리다.'

중문은 방자 뚜칠이에게 말했다.

"지금 바로 반달못으로 갈 것이니 채비를 하거라."

"예, 사또."

함안에 부임한 뒤 맨 먼저 반달못부터 찾은 중문은 반월정에 올라 아련한 감회에 젖었다. 남몰래 두 눈도 젖어들었다. 더욱이 반달못이 바짝 말라 있음에 가슴이 미어지는 것만 같았다.

"이 못이 언제부터 이리 되었는가?"

수행해 온 교위가 말했다.

"옛적에 이 반달못에서 연잎을 따서 차를 만들어 장터에서 내다 팔던 처자가 있었는데, 어느 날 그 처자가 못에 몸을 던져 자결을 한 뒤부터 괴이쩍게도 물이 차츰 마르고 연도 다 시들더니 어느새 저렇게 황폐하게 되어 버렸사옵니다."

"이상한 일이군."

"그래서 고을 사람들 사이에는 그 처자가 자결을 한 것이 아니라, 누군가에게 살해당했을지도 모른다는 말이 나돌았사옵니다. 그렇기에 그 유혼이 저승으로 가지 않고 못물을 다 말리고 연을 모두 시들게 할 만큼 깊은 한을 품고서 아직도 이곳을 떠돌고 있는 게 아닌가 하여 사람들이 지금도 이곳을 찾기를 꺼려하고 있사옵니다."

"시신을 못 찾았다고 하던데, 샅샅이 찾아보기는 했었던가?"

"예, 사또 물이 다 마른 뒤에 못을 이 잡듯이 살펴보았사옵니다만, 어찌된 일인지 그 처자의 시신은 나오지 않았사옵니다."

"그전에 누가 현민들 몰래 건져내지는 않았겠는가?"

"당시엔 그렇게 할 사람이 아무도 없었사옵니다. 죽은 처자에게 남은 가족이라고는 관아의 공금을 떼어먹고 야반도주해버린 양아비뿐이었으니까 말씀이옵니다. 참, 그 처자와 가깝게 지냈던 한 도령이 있었는데 그도 왕경으로 돌아가버린 뒤로 다시는 이곳을 찾지 않았던 듯하옵니다."

"으음."

중문은 방자 뚜칠이를 보며 왕경에서의 일을 떠올렸다. 삼 년 전 함안에서 돌아온 지 얼마 되지 않은 때였다.

"도련님, 집사로부터 괴이한 소리를 들었사옵니다. 마님께서 함안으로 사람을 보냈었다고 하는데, 별일 없었느냐고 저한테 묻지 않겠사옵니까?"

"그게 무슨 소리냐?"

"집사 어른을 불러 직접 하문해 보소서."

집사는 괜히 물어보았다는 듯이 뚜칠이를 마땅찮은 눈으로 보더니 중문의 물음에 떠듬떠듬 대답했다.

"마님께서 아라라는 처자에 대해 알아보라고 하시기에……."

"알아만 보라고 하시더냐? 아니면, 다른 영도 내리셨더냐?"

"그게 그러니까……."

"차후에 크게 후회하기 전에 바른대로 아뢰게."

중문의 눈매를 본 집사는 고개를 떨구었다.

"마님께서 그 처자를 이 세상에 없게 하라고 하셨사옵니다."

"뭐라고?"

"그렇게 하는 것만이 도련님을 위하는 오직 한길이라고 하시며 자리에 누우셔서 식음을 전폐하시길래 보다 못한 소인이 그런 일을 전문으로 맡아서 하는 놈들을 셋 가려서 보냈었사옵니다."

"지금 당장 그놈들을 데리고 오게."

"도련님, 이미 다 지난 일이오니……."

"좋은 말로 할 때 데리고 오게."

집사는 사내들을 불러들여 중문 앞에 데려다 놓았다.

"소인들이 나백근이란 놈한테 그 처자를 처치하라고 했사옵니다."

"네놈들이 직접 죽이기가 더 쉬웠을 터인데, 어인 까닭으로 그자를 사주하였느냐?"

"미리 알아보았더니, 그놈의 아비인 공수정이 관물이나 백성들로부터 착복한 재물을 그놈이 펑펑 쓰고 다녔사옵니다. 해서 기왕이면 그 아비와 아들놈을 옭아매어 백성들을 편케 하고자 그리하였사옵니다."

"그것도 마님의 뜻이었느냐?"

"아니옵니다. 소인들이 뜻을 모은 바였사옵니다."

"그래서 아라 낭자는 자살한 게 아니라, 나백근이란 놈이 죽였다는 말이냐?"

"그건 모르옵니다."

"사동이 낭자에게 내가 하지도 않은 말을 전했다던데, 그건 필시 네놈들의 수작이렷다?"

"그렇지 않사옵니다. 무슨 말을 전했다고 하시는지는 모르겠사오나, 소인들은 나백근을 사주한 것이 다이옵니다. 다만, 소인들도 염화사에 들렀다가 돌아가는 사동을 협박하여 도련님과 낭자가 만나기로 했다는 것을 알아내고는 그날 밤 반월정 근처에 숨어있었는데, 도련님께서 관아에서 나온 교위에게 끌려가시고 난 지 한참 뒤에 그 처자가 나타났었사옵니다. 한데, 곧바로 정체를 알지 못할 한 사내가 모습을 드러내었고 그자가 낭자의 뒤로 몰래 다가가 갑자기 목을 조르는 것을 보고는 얼른 그 자리를 피했사옵니다."

"그렇다면 낭자가 못에 뛰어들어 자살을 한 게 아니라, 누군가에게 살해당했음이 명백하다는 말이렷다?"

"소인들이 본 것은 거기까지이옵니다. 그 뒤에 처자가 물에 뛰어들었는지, 목이 졸려 죽었는지, 죽임을 당한 뒤 못 물속에 던져졌는지는 전혀 알지 못하옵니다."

"낭자의 목을 조른 놈이 나백근이었던가?"

"워낙 어두웠고, 그놈이 목소리조차 한마디 내지 않아 어떤 놈인지 전혀 짐작할 수 없었사옵니다."

중문은 애통해마지 않았다. 아라가 스스로 목숨을 끊은 것이 아니라 누군가에게 살해당했음이 명백해진 까닭이었다. 할 일은 단하나였다. 함안으로 돌아가 아라를 죽인 범인을 찾아내어 죄를 물어 아라의 원혼을 달래는 것이었다.

"사또!"

중문은 뚜칠이가 부르는 소리에 잠에서 깨어난 듯 정신을 차렸다.

"이만 돌아가시는 게 좋겠사옵니다."

중문은 짐짓 모른 체하고 교위에게 물었다.

"이 근처에 도량이 있는가?"

"염화사라고 하는 절이 있사옵니다."

"주지 스님은 누구인가?"

"오랫동안 주지로 계셨던 비구니 노스님은 지난해에 입적했고, 그 뒤를 이어 공양주가 새 주지가 되어 있사옵니다. 가보시겠사옵니까?"

"아닐세."

자신의 옛 정체가 드러날까 봐 중문은 염화사에 들를 마음을 내지 않았다.

"오늘은 그만 관아로 돌아가세."

중문은 곰곰이 생각한 끝에 당시의 사동을 찾아내기로 했다. 호장을 불러들여 하령했다.

"지금으로부터 꼭 삼 년 전이오. 고을을 돌아다니며 심부름을 했던 사동이 있었다고 들었소. 그 아이가 지금은 어디에서 뭘 하는지 호장은 알고 있소?"

"사또? 어인 까닭으로 삼 년 전의 아이를 찾으시옵니까?"

"그것까지는 호장이 알 건 없고, 그 아이를 찾아내어 내게 데려오도록 하오."

"예에? 예. 분부 받잡지요."

중문은 뒷걸음질 쳐 물러난 뒤 몸을 돌려 나가는 호장의 뒷모습을 가는 눈을 뜨고 바라보았다. 만약 그가 아라의 죽음에 관련이 있다면, 어떤 식으로든 수사를 방해하려고 들 것이었다. 꼬투리를 잡을 때는 바로 그때였다.

앞서 중문의 지령을 받고 밖으로 나갔다가 돌아온 방자 뚜칠이가 들어와 아뢰었다.

"사또, 그때의 사동을 찾았사옵니다."

"그래? 어디에서 뭘 하며 지내고 있더냐?"

"놀라지 마소서. 데릴사위를 삼으려고 호장이 집에 들여놓은 지가 삼 년이 되었다고 하옵니다."

"그래?"

"한데, 지난 삼 년 동안 집안에서 해온 일은 여느 머슴과 다를 바 없었다고 하옵는데, 호장이 막내딸과 혼인시켜 준다고 하고서는 언니들이 먼저 시집가야 한다느니 하는 핑계만 대어 불만이 크다고 하옵니다."

"그렇다면 그놈이 호장에게 등을 돌리도록 살살 꼬드길 수도 있겠군?"

"지금까지 참아온 놈을 꾄다는 것이 쉽지 않은 일일 수도 있사오나 전혀 불가하지는 않을 듯하옵니다."

"내 사천은 얼마든지 가져다 쓰거라. 그리고 반드시 그놈이 그때의 일을 제 입으로 떠벌리도록 하거라."

"예, 사또 하고, 한 가지 더 아뢸 것이 있사옵니다. 당시 사동을 통해 관내를 오가던 구중서찰은 모두 지금의 호장에게 보고되었고, 그로 말미암아 호장은 이곳 함안 고을에서 일어나고 있었던 일은 크건 작건 모르는 것 없이 속속들이 다 꿰차고 있었다는 것이옵니다. 그때도 그러했으니 지금도 똑같은 짓을 하고 있을 것이 아니겠사옵니까?"

"옳은 말이다. 지금의 사동 놈에게도 눈을 떼지 말고 그 행적을 살피거라. 내가 따로 데리고 온 놈들이 있지 않느냐. 그놈들을 십분 활용하면 큰 성과가 있을 것이다."

호장은 신임 현령이 부임하자마자 유독 삼 년 전의 한 사건을 들추어내어 재수사를 하려는 의도를 놓고 아무리 생각을 해보아도 그 까닭에 대해 짐작되는 바가 전혀 없어 답답하기만 했다. 아라의 죽음을 자살이 아니라 타살로 의심하고 있는 것만은 분명했다.

"신관 사또가 뭘 알고 있다는 말인가?"

나백근이 아뢰었다.

"아버지, 요사이 어떤 난뎃놈들이 이것저것 시시콜콜 캐물으며 온 고을을 쑤시고 다니고 있다고 하옵니다."

"대체 어떤 놈들이 무얼 묻고 다닌다더냐?"

"노름은 어느 왈짜가 가장 잘하느냐, 재물은 누구 집안이 제일 많으냐, 인물은 어떤 계집을 으뜸으로 치느냐…… 별것 아닌 걸 묻고 다니긴 하지만 공연히 듣는 귀에 성가시게 들려서 말씀이옵니다."

"별것 아닌 게 아니다. 가만히 듣고 보니 다 우리 집안을 염탐하려는 말들로 들리는구나."

"그렇다면 그냥 두어서는 아니 되겠사옵니다?"

"그래그래, 우리 목줄을 옥죄어 오는 낌새가 틀림없다. 손을 놓고 가만히 있다가는 느닷없이 당하고 말겠어."

"아버지도 참. 사또 위에 호장이라는 말이 있는데, 그 천하의 호장 어른을 감히 어떤 놈이 해하려 든다는 말씀이옵니까?"

"누구긴 누구이겠느냐, 신관 사또이지. 아무도 모르게 수소문해서 칼을 썩 잘 쓰는 놈 하나만 물색해 놓거라."

"예에? 그렇다면 신관 사또를?"

"나를 건드리려고 드는 놈은 행여 그놈이 저승사자라고 해도 그냥 두지 않을 것이니라."

며칠 뒤에 나백근은 한 사내를 데리고 왔다. 몸집은 보잘것없었으나 눈빛은 승냥이처럼 이글거리는 놈이었다. 호장은 그의 내력도 칼솜씨도 묻지 않았다.

"일을 성사시킬 수 있겠느냐?"

"소인이 지금껏 칼을 써 왔으나 실패한 적은 한 번도 없었사옵니다. 한데, 어느 놈을 염라전에 보내면 되오리이까?"

"신관 사또이니라."

사내는 놀라지도 않았다. 잠시 생각하더니 내뱉었다.

"사또의 목숨 값은 은자 백 냥이옵니다."

호장은 백 냥에 스무 냥을 더 얹었다.

"사또가 혼자 가면 적적할 터이니, 그 방자 놈도 같이 길동무 시키거라."

호장이 내놓은 것을 사내가 말없이 품에 넣는 겨를에 밖에서 엿듣고 있던 그림자가 어디론가 자취를 감추었다.

"호장이 자객을 불러들였다고?"

"예, 사또. 분명히 그리 전해 들었사옵니다."

"드디어 걸려들었군. 그자들에게도 알려주어 채비를 하라 이르거라."

깊은 밤이었다. 괴이쩍을 만큼 고요했다. 달도 구름에 가려 칠흑같이 어두웠다. 날렵하게 태평루 지붕을 넘어 소리 없이 내아로 뛰어내리는 검은 덩어리가 있었다. 바람이 흐르는 듯 축담에 오른 자객은 대청마루에 오른 뒤, 중문이 잠들어 있는 방문을 조금 들면서 천천히 열었다. 방 안으로 들어선 그는 이부자리 앞에 서서 품속에 손을 넣어 일척단도를 꺼내들었다.

"푹!"

그는 잠깐 망설임도 없이 이불 위에서부터 칼끝을 찔러 꽂았다. 칼이 전해오는 느낌이 왠지 이상하다고 여기는 바로 그 순간, 바깥이 훤해지더니 사람들의 발자국 소리가 났다. 자객은 흠칫 놀라 문설주에 기대어 뜰의 동정을 살폈다. 횃불과 도가니불이 곳곳에 밝혀져 있고 수많은 나졸들이 창을 들고 집채를 포위하고 있었다.

자객은 대수로운 일이 아니라는 듯 마루로 걸어 나와 축담에 내려서는 듯하더니 별안간 지붕 위로 몸을 솟구쳤다. 그때 지붕 위에서 아래로 뛰어내리는 사내들이 장검을 휘둘러 자객을 맥없이 떨어뜨렸다. 곧이어 뜰로 내려선 사내들이 칼끝을 자객에게 겨누었다. 흑장칠립을 한 사내들이었다.

중문이 나타나 뚜칠이가 대청마루에 가져다 놓은 교의에 앉았다. 뚜칠이는 섬돌에 섰고, 흑장칠립의 사내들 중 한 사람은 중문의 뒤에, 두 사람은 좌우 기둥 옆에 서서 중문을 호위하는 태세를 갖추었다.

교위가 나졸들을 시켜 자객의 복면을 벗기고 팔을 꺾어 뒤로 돌린 뒤 죄어 묶었다. 중문이 물었다.

"누가 보냈느냐?"

자객은 입을 열지 않았다. 중문이 같은 말로 한 번 더 물었다.

"죽기를 바랄 뿐 다른 할 말은 없소이다."

"호장에게서 은자 백이십 냥을 받았다지? 백 냥은 내 목숨 값이고, 이십 냥은 저 방자의 모가지 값이고?"

"……."

"내 혼자 가는 저승길이 적적하다 하여 길동무를 붙여주고자 했다지?"

자객은 고개를 들었다.

"죽을 때 죽더라도 알고나 죽어야겠소이다. 사또께서는 어찌 그런 사실을 미리 낱낱이 알아내시었소?"

중문은 사동을 데려오게 했다. 사동은 자객을 손으로 가리켰다.

"맞사옵니다. 바로 저놈이옵니다. 사또."

"잘 들었느냐?"

자객은 사동을 슬쩍 보았다.

"네가 나를 어디서 보았느냐?"

"호장의 집에서 보았다, 이놈아. 호장이 그 아들 나백근 놈이 데려온 네놈에게 우리 사또를 해하라고 시키는 소리를 내가 다 엿들었을 줄은 꿈에도 몰랐겠지?"

"그때 바깥에서 나는 기척도 숨소리도 아무것도 느끼지 못했는데……."

"이놈아, 내가 이래 봬도 숨 한 번 안 쉬고도 반 마장이나 내달릴 수 있는데, 그런 말을 엿들으면서 숨 따위를 쉬겠느냐?"

자객은 낙담하는 빛을 얼굴 가득 띄웠다.

"굼벵이도 구르는 재주 한 가지는 있다더니. 내가 미처 몰랐구나. 그 댁에 너 같은 놈이 들어 있었을 줄이야."

중문은 자객에게 호령했다.

"네놈 입으로 다 말했으니 따로 실토할 것도 없겠구나?"

"그러하오."

"여봐라! 호장과 그의 아들 나백근이란 놈을 잡아오너라!"

나졸들을 이끌고 달려 나간 교위가 얼마 지나지 않아 두 사람을 묶은 채로 자객 옆에 꿇어앉혔다. 호장과 나백근은 자객의 얼굴을 똑바로 보지 않았다. 호장이 영문을 모르겠다는 낯빛을 지었다.

"사또, 이 어찌된 까닭이옵니까?"

"공수정, 네 이놈! 아직도 나를 몰라보겠느냐?"

그 말에 호장은 중문의 얼굴을 똑바로 뜯어보았다. 어딘가 면식이 있는 듯한 얼굴, 삼년 전 염화사에 머물던 바로 그 도령임을 비로소 깨달았다.

"네놈 낯짝이 허옇게 질리는 걸 보니 이제야 나를 알아보는구나?"

"이, 이게 대체 어찌된……."

호장은 떨어뜨린 고개를 절레절레 저었다. 도저히 믿기지 않았다. 사색이 된 건 나백근도 마찬가지였다. 부임행차 때 왜 몰라보았을까 하는 뼈저린 후회밖에 들지 않았다. 호장은 곧 고개를 들고 호장다운 목소리를 냈다.

"그렇구려. 그때의 병약하고 앳된 모습은 다 벗고, 얼마간 위엄을 갖춘 신관에다가 수염까지 더했으니 내가 까맣게 몰라볼 만도 했소이다. 이제야 사또께서 그때 그 일을 들추어낸 까닭을 확연히 알겠소이다."

중문은 사동에게 물었다.

"그때 염화사 도령이 전하라고 한 말이라며 낭자에게 했던 말, 그 말을 사주한 놈이 여기에 있느냐?"

사동은 나백근을 가리켰다.

"바로 저놈이옵니다."

나백근은 발끈했다.

"아, 아니옵니다, 사또! 소인은 전혀 그런 짓을 하지 않았사옵니다!"

"그러면 누가 했다는 말이냐?"

"그걸 소인이 어찌 알겠사옵니까?"

사동이 나백근에게 눈을 흘겼다.

"나쁜 놈! 이제 와서 뻔뻔스럽게 발뺌을 하려고 하다니. 사또, 그때 소인이 염화사에 들러 그 도령께 아라 낭자가 반월정에서 만나자고 한 구중서찰을 전하고 돌아왔는데, 고을 어귀에 나와 있던 저놈이 소인을 막내매부로 삼겠노라고 꾀며, 없는 말을 지어내어 아라 낭자에게 도령이 보낸 구중서찰로 전하게 했사옵니다."

"그 구중서찰은 어떤 것이었느냐?"

"정확히는 기억이 나지 않사오나, 낭자의 행실이 부정하니 도령이 혼자 떠나겠다는, 그런 말이었사옵니다."

더 이상 버틸 것도 실토할 것도 없다고 생각한 호장이 중문을 우러러 간절히 애원하는 목소리를 냈다.

"이렇게 된 마당에 소인은 어떻게 되어도 괜찮으나, 제 자식 놈만은 가련히 굽어 살피시어 목숨만은 붙여주소서. 질청 서리로 있으면서 소인이 이 함안 고을을 위하여 주야성심으로 애를 써온 지난날의 노력을 가상히 여기시어……."

"네 이놈!"

중문은 호장을 말을 막고 추상벽력 같은 호통을 쳤다.

"그동안 네놈이 관아의 공물과 백성의 재물을 착복하고 착취하고 축적해 온 것이 이 고을 전답을 반이나 사들이고도 남을 거금인데 어디서 그런 망발이 다 나온단 말이냐!"

"소, 소인에게 어찌 그런 큰 재물이 있다고 몰아붙이시옵니까?"

"네놈 명의로 해 놓은 것, 네 자식 놈들의 명의로 해 놓은 것, 네 처족의 명의로 해 놓은 것……. 이미 네놈 가산의 물목은 숟가락 하나라도 빠짐없이 실사해 놓았느니라."

호장은 더 이상 할 말이 없었다. 중문은 교위에게 엄히 하령했다.

"호장과 그의 아들 나백근, 자객, 저 세 죄인은 당장 끌어내어 부대시 참수에 처하라! 날이 밝는 대로 관아 동문 양쪽에 장대를 세우고 죄목을 낱낱이 적어 높이 효수하라."

"예, 사또!"

"또 사동을 포함한 일족은 이마와 두 볼에 자자를 하고 먹물을 들여 모두 관노로 삼는 바이니, 추호도 어김없이 시행하라!"

중문의 말은 계속 이어졌다.

"죄인들의 가산을 남김없이 몰수하여 헐벗고 굶주린 현민들의 구휼에 쓰도록 하라."

교위가 죄인들을 끌고 나가자 흑장칠립의 사내들이 텅 빈 뜰로 내려서서 중문에게 하직인사를 올렸다.

"소인들이 지난날에 지은 죄를 이제야 조금이나마 덜어낸 것 같사옵니다."

"늘 의로운 생각을 품고 늘 의로운 일을 하고자 한다면, 그런 검은 갓 따위는 눌러쓰지 않고도 잘 살아갈 수 있을 걸세."

"사또의 당부를 잊지 않겠사옵니다."

이른 아침부터 읍성 동문 앞으로 모여든 사람들은 내걸린 세 사람의 머리와 죄목을 읽어보고는 저마다 경악을 터뜨렸다. 그동안 호장이 사또보다 더 큰 권세를 누려 왔었다는 건 누구나 다 아는 비밀이었지만, 그토록 많은 재물을 쌓아두고 있었다는 사실에 이르러서는 크게 분개했다.

게다가 주정뱅이 왈패나 다름없는 양부에게 갖은 수모를 겪으면서도 그를 봉양하는 데 성심을 다하며 고생이란 고생은 다 홀로 짊어지고 살아갔던 아라가 그들에게 살해당했다는 것을 알고는 입에서 입으로 개탄을 이었다. 개탄은 이내 그지없는 분노로 타올랐다.

"우리 이러고 있을 게 아니라, 호장 놈의 집을 아예 불 질러 버립시다!"

"그럽시다. 이웃 고을 사람들이 알면 이 얼마나 우리 고을의 수치란 말이오!"

"백 번 천 번 옳은 말이오!"

"다 같이 가서 저런 놈들이 살았다는 흔적도 남기지 맙시다!"

현민들은 호장의 집을 깡그리 불태운 뒤에 다 같이 뜻을 모아 아라의 집을 구석구석 손보고는 가련한 넋을 위로하는 비각을 세웠다.

"사또, 이제 아라님의 원혼을 조금이나마 달래게 되었사옵니다."

"아직 아니다."

중문은 뚜칠이를 데리고 반월정을 찾았다. 한참 동안 반달못 터를 바라보던 중문은 정자에서 내려가 못이 있었던 곳을 거닐었다. 수많은 거머리와 씨름하며 아라와 연잎을 따던 옛 기억이 새로웠다. 짧은 순간 기박하기만 했던 인연을 생각하니 가슴을 도려내는 듯이 못 견디게 저렸다.

이리저리 흩걸음을 놓던 중문은 별안간 두 다리가 부러진 듯 털썩 못 바닥에 엎어져 통곡을 했다.

"낭자! 낭자의 시신을 찾아야 원혼을 달랠 재를 올릴 게 아니오!

제발 벗어놓고 떠난 그 육신만이라도 수습할 수 있게 해달란 말이오!"

뚜칠이의 눈에도 눈물이 글썽였다.

"에고, 불쌍한 우리 아라님."

실컷 울고 난 중문은 몸을 일으켰다. 문득 두 발치 앞에 무언가 불그스름한 것이 보였다. 중문은 다가갔다.

"아!"

더없이 황폐하여 물기라고는 찍어 바를 것조차 없는 땅에 자홍련 한 송이가 홀로 피어 있는 것이었다. 중문은 다가가 조심스럽게 손을 내밀었다. 꽃이 움찔하는 듯 꽃잎이 바람에 사르르 떨렸다. 어디선가 아라가 도련님 하고 부르는 소리가 들리는 것만 같았다.

중문은 벌떡 일어섰다. 그곳에서 반월정과의 거리를 눈으로 재보았다. 그러고는 주변을 둘러보았다. 뚜칠이가 고개를 갸웃했다. 연꽃이 홀로 피어 있는 것도 신기했지만, 중문의 행동이 더 의아스러웠다.

"사또, 어찌 그러시옵니까?"

"방자야, 너 어서 가서 관아 나졸들에게 땅을 팔 채비를 갖추어 오라고 이르거라. 참, 큰 독도 하나 가져오라고 하거라."

그 말에 뚜칠이도 짐작되는 바가 있어 군말 없이 고을 읍성을 향해 내달렸다. 교위와 나졸들을 데리고 오니 중문이 막대기를 주워 자홍련이 핀 자리를 중심으로 땅에 둥근 표시를 해둔 채 기다리고 있었다. 교위가 다가왔다.

"사또, 분부하신 대로 채비를 하여 왔사옵니다."

"저 연꽃은 뿌리 한 올 다치지 않게 캐내어 독에 담아 관아로 옮기거라. 물을 잘 주어 살려야지 죽게 해서는 아니 되느니라."

나졸들 넷이 자홍련을 캐 옮겨갔다. 중문은 또 하령했다.

"이제 이 일대를 파거라."

나졸들이 모두 연장을 들고 땅을 파기 시작했다. 워낙 마른 땅이라 마치 얼어붙은 땅처럼 삽날도 괭이 날도 잘 들어가지 않았다. 구슬땀 비지땀……. 나졸들은 사람이 흘릴 수 있는 땀이란 땀은 다 짜냈다. 집 한 채가 들어앉을 만큼 넓은 땅을 한 길이나 파내었는데도 아무것도 나오지 않았다. 교위는 지쳐 서 있을 힘도 없어 하는 나졸들을 둘러보고는 중문에게 이제 그만하는 게 어떻겠느냐는 눈길을 보냈다.

중문은 실망스러운 표정으로 그만두게 하려고 하다가 퍼뜩 떠오르는 말을 속으로 가만히 곱씹었다.

'이 정자 근처가 못에서 가장 깊은 곳이라 두 길도 훨씬 넘어요'

중문은 뭔가에 홀렸다가 깬 얼굴로 나졸들에게 소리쳤다.

"그렇지! 그럴 거야! 여봐라, 속히 한 길을 더 파내거라!"

"사또, 나졸들이 다 기진맥진했사옵니다."

"그렇다면 반월정 그늘에서 잠시 쉬게 하라."

그러고는 가까운 염화사로 나졸 둘을 보냈다. 주지승은 사미니들을 이끌고 먹을 것과 물동이를 가져왔다. 중문이 다가갔다. 주지승이 단번에 알아보았다.

"신관 사또가 부임하셨다고 하더니 바로 도련님이셨군요?"

"그간 잘 지내셨습니까? 오자마자 급히 할 일이 있어서 찾아뵙지 못했습니다."

"나무관세음보살!"

속을 채우고 목을 축인 나졸들은 다시 힘을 내어 땅을 파들어 갔다. 중문은 초조히 기다렸다. 한 길 남짓 더 파 들어갈 즈음 누군가 소리쳤다.

"사또!"

괭이질을 멈춘 나졸이 구덩이 속을 가리켰다. 비단 쪽이 흙 속에서 비어져 나와 있었다. 중문은 구덩이 속으로 뛰어들 듯이 미끄러져 들어갔다. 그러고는 두 손으로 흙을 파기 시작했다. 얼마 지나지 않아 비단옷을 차려입은 시신 한 구가 고스란히 모습을 드러냈다. 썩지도 않고 있었다.

"낭자!"

아라의 시신을 고이 수습한 중문은 반월정 위쪽 산 중턱의 양지바른 곳에 장사를 지냈다. 그리고는 날을 가려 염화사 주지승을 청하여 성대히 원혼재를 올렸다. 모여든 고을 사람들은 사또가 예전에 아라와 정분을 나누었던 도령이라는 사실을 알고는 그지없이 안타깝게 여겼다.

밤에는 반달이 떴다. 중문은 산성으로 갔다. 아라연도 물 한 종지 찾아볼 수 없이 말라 있었다. 중문은 향을 피웠다. 그러고는 하늘을 우러러 보았다. 아득히 은하수가 흐르고 있었다.

"낭자, 이제 내가 할 일을 다 마쳤으니, 나도 세상 밖으로 떠날 때가 된 것 같구려."

관아가 발칵 뒤집어졌다. 간밤에 침소에 들었던 사또가 아침이 되자 온데간데없이 사라진 것이었다. 방자를 찾으니 그조차 어디론 가 자취를 감추었다. 호장의 기별을 받은 교위가 중문의 침소에 들어갔다. 잘 개놓은 관복 위에 사직상소가 놓여 있었다.

"아, 사또! 기어이……."

그 사실은 오래지 않아 고을 전체로 퍼져나갔다. 현민들의 억측이 난무했다.

"우리 사또가 어디로 사라졌을까?"

"필경 아라 낭자를 따라간 게지."

"내 생각에는 머리를 깎고 산으로 들어가셨을 것만 같은데?"

"어쨌거나 참 절통한 일이군."

"이승에서 못다 맺은 인연을 천상극락에서는 반드시 맺으실 거야."

"그야 모르지. 두 분이 미륵정토에서 다시 만나실지 아니면 훗날 이승으로 환생하셔서 금생에 못 다하신 인연을 맺을지는."

반월정 자리에 작은 암자가 들어서 있었다. 산문에는 아라암이라는 편액이 걸려 있었다. 전각이라고는 법당과 극락전, 요사채가 전부였다. 뜰에는 반달꼴을 한 연못이 있었고, 연못에는 자홍련이 곱게 피어 있었다.

담도 없는 아라암 앞으로는 큰 밭이 펼쳐져 있었다. 반달못이 있던 곳이었다. 농부들이 밭일에 여념이 없었다.

"차연 스님, 마짓밥 안 짓습니까?"

"오늘은 내가 당번인가?"

"참 나. 부처님 굶겨 죽일 작정이십니까?"

"그래서는 안 되지요, 두칠 스님. 허헛, 지금 나갑니다, 나가요."

빌려온 인연이라는 뜻의 차연(借緣) 스님, 깎은 머리가 옻을 바른 듯 검은 두칠(頭漆) 스님, 달랑 두 비구만 수행하는 암자였다.

차연 스님이 처소에서 나와 신을 신는데 절 마당으로 비구니들이 들어섰다. 차연 스님은 합장을 한 채 다가갔다. 맨 앞에 선 비구니가 말했다.

"두 분 스님이 티격태격하시느라 부처님마저 굶기실까봐 주지 스님께서 보내셨습니다."

뒤에 선 비구니들이 가마에 떡 한 시루를 실은 채 서 있었다.

"허헛, 설마 굶기기야 하겠습니까? 아무튼 주지 스님께 고맙다고 전해주십시오."

비구니들은 떡 시루를 법당에 들어 부처님 전에 올렸다. 차연 스

223

님은 돌아가는 그들에게 합장을 한 뒤, 멀리 염화사를 향해서도 선절을 했다.

두 스님은 나무하러 산에 올랐다. 여느 때와 같이 아라의 무덤 앞에 잠시 서서 극락왕생의 기도를 올린 뒤에 웃통을 벗어 놓고 나무를 해나갔다. 썩어 떨어진 나뭇가지를 주워 지게에 얹는 것이 두 스님이 나무하는 방식이었다. 모처럼 발견한 굵은 나뭇가지를 어깨에 올려 지려고 안간힘을 쓰는 차연 스님을 보고 두칠 스님이 씩 웃었다.

"차연 스님, 아직도 그까짓 나뭇가지 하나를 단번에 못 들어 올리십니까?"

"피죽도 못 끓여 먹어서 그렇습니다, 두칠 스님."

"제가 곰 한 마리 잡아서 쓸개죽이라도 끓여드려야겠습니다."

"멀리 가서 잡을 게 뭐 있겠습니까? 두칠 스님의 그 토실한 넓적다릿살 한 근만 베어내면 되는데?"

"차연 스님이 잡수시겠다면야 소승이 끓는 가마솥으로 걸어 들어가지요."

"솥에 들어가시는 거야 어렵지 않겠지만, 나오실 적에는 어디로 나오시려고 그러십니까?"

"미망에서 헤어나지 못하고 있는 몸이 그저 육도윤회 할 뿐, 들고나고 할 것이 어디 있겠습니까?"

그 말에 차연 스님은 나뭇가지를 내려놓고 두칠 스님을 향해 합장배례를 올렸다. 두칠 스님도 예를 갖추었다.

"나무아미타불!"

두 스님은 마주 앉아 저녁공양을 마친 뒤에 각자 참선수행에 들어갔다. 노곤한 몸으로 화두 한마디를 놓지 않으려고 애를 쓰던 차연 스님은 천근만근으로 내리 누르는 두 눈썹 무게를 이기지 못하고 얼핏 졸음에 빠져들었다.

수많은 사람들이 관세음보살을 명호하며 경배를 올리는 가운데 법단 위에 앉은 아라는 대련과를 받고 있었다. 아라는 자애로운 웃음을 띠며 법문을 내렸다.

'삼독에 신음하고 있는 중생들이여! 내가 지금 무얼 하고 있는가 하고 자문해보아라. 그리하여 그 말의 대상을 찾지 못하겠다면 그 자리가 바로 불생불멸의 불국토이다.'

차연 스님이 우러렀다.

"낭자, 언제나 우리가 다시 만나 지난날의 언약을 이룰 수 있겠소?"

아라의 말투가 바뀌었다.

"짧게는 수백 수천 년, 길게는 수만 수억 년이 지나야 하지요. 어쩌면 영영 만날 날이 오지 않을 수도 있답니다."

"꼭, 꼭 다시 만나고 싶소"

"도련님께서 무량공덕을 쌓으시면 언젠가는 재회하는 날이 오겠지요. 그때는 산성 안 작은 연못에 도련님과 함께 던져 둔 자홍련 씨앗도 싹을 틔우고 꽃을 피울 것이어요."

"우리가 다시 만난다면 그때는 어떤 모습으로 만나게 되오? 만나면 서로를 알아볼 수 있다는 말이오?"

아라는 말없이 웃으며 사라져 갔다. 차연 스님은 아라의 옷깃을 붙잡으려고 따라갔다.

"낭자! 수백 수천 년, 그 긴 세월을 어찌 기다린단 말이오?"

아련히 멀어지는 아라의 목소리가 넓게 퍼져 나가는 파문처럼 차연 스님의 두 귓골 가득 울렸다.

"지나고 보면 다 찰나에 지나지 않는답니다. 찰나에 지나지 않는답니다. 찰나에……."

제10장

연향을 풍기는 여인

초인종이 울린다. 문을 연다. 들어서는 독립제작사 이선영 팀장이 구두를 다 벗기도 전에 말을 한다.

"난데없이 연잎차는 왜 구해 오라고 하셨어요?"

"그냥 마시고 싶어서, 마침 이 팀장님이 들르시겠다길래 부탁드린 겁니다."

"구입하는 데 애먹었어요."

그녀는 투덜거리며 안고 온 찻통을 내려놓는다. 들고 살펴본다. 겉면 어디에도 상표가 없다.

"수제차예요."

"손 안 대고 만드는 차도 다 있나?"

중얼거리자 이선영 팀장은 가볍게 눈을 흘긴다.

"하여간 그냥 넘어가는 법이 없다니까. 차를 잘 아는 친구한테 물으니까 마침 자기 집에 한 통 있다고 해서 들러서 가져온 거예요."

"이런 거, 값은 얼마나 합니까?"

"부르는 게 값이라고 하던데요?"

"그럼 불러보라고 하시지 그랬어요?"

"됐어요. 제가 작가님께 선물한 걸로 할게요."

이선영 팀장은 숄더백을 열어 본계약서를 내놓는다. 나는 도장을 찍는다. 한 부씩 나누어 가진다.

"공증은 필요 없겠죠?"

"우리가 언제 이런 계약하면서 공증한 적이 있었습니까?"

"그렇긴 하네요."

"잠깐 기다리십시오. 이거, 같이 한잔 합시다."

주방으로 가 연잎차를 탄다. 향이 참 좋다. 싱글벙글하며 차를 가져다 놓는 나를 보고 이선영 팀장이 묻는다.

"좋은 일이라도 있나요? 오늘따라 밝아 보이네요?"

"있지요."

원고를 내놓는다.

"벌써 다 된 거예요?"

말없이 차만 마신다. 이선영 팀장은 분량을 살펴본다.

"읽어봐도 돼요?"

"좋으실 대로."

"아라홍련이라……."

이선영 팀장은 제목이 적힌 첫 장을 바로 넘긴다. 그러고는 읽어

나간다. 이윽고 마지막 장을 넘기고도 별말이 없다.

"차가 다 식었네? 다시 타 오겠습니다."

"아니에요. 됐어요."

그래도 다시 타 놓는다. 이선영 팀장이 원고를 다 읽어 보고도 가만히 있는 것이 신경 쓰인다. 한 대목 한 대목 짚어가며 이건 촬영 상 어려움이 많겠다느니 하면서 평소에는 스스럼없이 수정을 요구하던 것과는 사뭇 다른 태도이다.

"고칠 데 없겠습니까?"

그래도 말이 없다. 차만 홀짝홀짝 마실 뿐이다.

"수정 없이 바로 제작에 들어갈 거냐고요? 갑자기 귀먹었어요?"

"……."

혹시라도 계약을 무효로 하자고 할까봐 슬그머니 걱정이 된다. 하지만 될 대로 되라지 싶은 심정이다. 좋은 연잎차 맛을 얻었으므로 속으로 흐뭇하기만 하다. 이선영 팀장이 그때서야 입을 뗀다.

"우리가 전생에 이렇게 마주 앉아 차를 마신 적이 있었을까요?"

"글쎄요. 전생 기억이 없어서……."

"최면술로 전생 회귀를 할 수 있다는 말 들어보셨어요?"

"저는 믿지 않습니다. 전생인지 강박관념인지 모르는 일이니까. 그리고 그런 식으로 사람의 전생을 알게 되면 세상이 얼마나 뒤죽박죽 되겠습니까?"

"그건 그렇고, 언제까지 이렇게 혼자 궁상떨며 사실 거예요?"

"궁상떤 적은 없습니다. 남들 보기엔 어떨지 몰라도"

"여태 짝도 못 만나시고 혹시 사랑하는 사람도 없이 혼자 외롭게 살아가는 세월이 아깝다는 생각은 들지 않으세요?"

"언젠가는 만나게 되겠지요."

이선영 팀장은 다 비운 찻잔을 내려놓았다.

"다른 일 없다면 같이 나가시죠? 탈고 기념으로 제가 맛있는 거 사 드릴게요."

"지금 저한테 데이트 신청하는 겁니까?"

"데이트는 무슨. 그냥 밥이나 같이 먹자는 거죠."

"그게 데이트 신청 아니고 뭡니까?"

"그럼 공식적인 식사 제의라고 해 두죠, 뭐. 이사님도 청하고"

"에이, 그 녀석은 부르지 마십시오. 분위기 다 깨집니다. 그런데 가까이에서 맡으니 이 팀장님 몸에서 연향이 나네요?"

"아마 찻통을 안고 와서 그럴 거예요."

"연잎차 향기보다 오히려 더 그윽하고 좋은데요?"

"농담하지 마세요."

"농담 아닙니다. 헛험, 전생에 채광주리를 끼고 다니던 업기(業氣)가 수백 년이 지난 아직도 다 가시지 않아서 그럴 겁니다."

"뭐라고요?"

놀란 표정을 지은 이선영 팀장은 곧바로 두 볼에 홍조를 띠우며 싱그레 웃었다.